捧读

触及身心的阅读

枕上诗书闲处好

宋词中的深情与孤独

韦秀英 著

天津出版传媒集团
百花文艺出版社

图书在版编目（CIP）数据

枕上诗书闲处好：宋词中的深情与孤独 / 韦秀英著
. -- 天津：百花文艺出版社, 2022.11
ISBN 978-7-5306-8356-9

Ⅰ. ①枕… Ⅱ. ①韦… Ⅲ. ①宋词－诗词研究 Ⅳ.
①I207.23

中国版本图书馆CIP数据核字(2022)第141402号

枕上诗书闲处好：宋词中的深情与孤独
ZHEN SHANG SHISHU XIAN CHU HAO: SONGCI ZHONG DE SHENQING YU GUDU

韦秀英 著

出 版 人： 薛印胜
选题策划： 唐冠群 胡晓童 **责任编辑：** 李 信
特约编辑： 安斯娜
装帧设计： 仙 境
出版发行： 百花文艺出版社
地址： 天津市和平区西康路 35 号 **邮编：** 300051
电话传真： +86-22-23332651（发行部）
+86-22-23332656（总编室）
+86-22-23332478（邮购部）
网址： http://www.baihuawenyi.com
印刷： 天津创先河普业印刷有限公司
开本： 880×1230 毫米 1/32
字数： 198千字
印张： 8
版次： 2022 年 11月第 1 版
印次： 2022 年 11月第 1 次印刷
定价： 59.80 元

如有印装质量问题，请与天津创先河普业印刷有限公司 联系调换
地址：天津宝坻经济开发区宝中道北侧 5 号 5 号厂房
电话：（022）22458683 邮编：301800

清·恽冰 花卉图

清 · 余稺 花鸟图

清 · 余稚 花鸟图

明 · 文俶 碧叶绣羽图

清·恽寿平 花卉图

清 · 恽冰 花卉图

清 · 恽冰 花卉图

清 · 恽冰　花卉图

清·恽冰 花卉图

清 · 恽冰　花卉图

清 · 恽冰 花卉图

清 · 金农　人物山水图

廻汀曲渚暖
生煙風柳風
蒲綠漲天我
是釣師人識
否白鷗前導
在春船
此予二十年前
汎蕭家湖之
作今追想昔
游風景漫畫
小幅并録前
詩曲江外史
記

目录

李煜

春花秋月何时了？往事知多少

是不是穿上了龙袍，就能安享普天之下的景仰？

是不是有了高耸的宫墙，就能抵挡剑影刀光？

是不是画成了庙堂里的尊像，就一定会万古流芳？

在人生的开始，李煜没有想过这些问题。

李煜的人生从逃避开始，在逃避中结束。直到生命的尽头，他才明白：原来人生有一万种可能，他猜不透，也逃不过。

李煜出生在一个特别的日子：七月七日。这一天，是牛郎和织女翘首盼了三百六十五个日夜的日子；这一天，是女郎们望月祈祷，希望能寻到合意夫家的日子。

那时，江南满目繁华，风光锦绣。出生在这个不平凡的日子里，似乎注定了李煜要度过不平凡的人生。他的相貌都是不平凡的：广额、丰颊、骈齿、一目重瞳子。

传说，周武王拥有骈齿，舜和项羽天生重瞳，而李煜同时拥有这样稀世珍贵的样貌，是旷世难有的富贵模样。李煜从小就得到爷爷李昪的万般宠爱，并赐名为从嘉。

李煜出生三个月后，李昪称帝。他从一个贵公子成了皇孙。六年后，爷爷过世，父亲李璟即位，他成为皇子。

“生于深宫之中，长于妇人之手”，桃花风，杏花雨，李煜被滋养得柔弱多情。

李煜过着锦衣玉食、翠绕珠围的生活，所有人都以为他很幸福。但生在帝王之家，他怎会不懂得游戏规则？他天生聪慧，比谁都懂，也比谁都懂得早。

他嫌弃那些勾心斗角、尔虞我诈。他明白在权力争夺的战役里没有旁观者，所有人都是鼎鱼幕燕、步步惊心。

可他却被一步又一步推进了政治的旋涡。

一壶酒，一竿身，快活如侬有几人

虽然李煜是李璟的第六子，但是他的二哥、三哥、四哥、五哥都夭折了，李煜自然成为长兄李弘冀皇位争夺战的假想敌人。更何况他“天子之相”般的奇特相貌，早就招来了兄长的妒忌和忌讳。

李煜没有统领天下的野心和手段，所以，他能做的就是逃。但是宫墙高耸，他注定逃不出去，于是他选择了另一种逃避方式。

他自号“钟峰隐者”，每天醉心研究典籍，以读书为乐，享受生活。这一切都是做给兄长看的，表明他“安全无害”，他极力展示着自己的“懦弱无能”。

《渔父》

阆苑有意千里雪，桃李无言一队春。

一壶酒，一竿身，快活如侬有几人。

如果可以选择，他想做个隐士。撑一支竹竿，乘一叶小舟，看春风里的桃红李白，看浪花卷起千堆雪。

这才是李煜想要的人生，也是他拥有过的人生。那时，世上没有人比他更快乐了。皇图霸业他不需要，也不奢求。

他只想远离尘世喧嚣，远离人间纷乱。

《浣溪沙·红日已高三丈》

红日已高三丈透，金炉次第添香兽。红锦地衣随步皱。

佳人舞点金钗溜，酒恶时拈花蕊嗅。别殿遥闻箫鼓奏。

昨夜长歌夜舞，红烛高照，宫娥鱼贯，转眼就是日上三竿。罗列的金炉，次第添上做成兽形的香。飞旋的舞步让铺在地上的红毯起皱。美人在舞，金钗从发间滑落。喝得太多，厌倦了酒气，拈一朵花来嗅，耳畔仍旧听到别殿里的笙箫和鼓乐。

《玉楼春》

晚妆初了明肌雪，春殿嫔娥鱼贯列。笙箫吹断水云间，重按霓裳歌遍彻。

临风谁更飘香屑？醉拍阑干情味切。归时休照烛花红，待放马蹄清夜月。

春宫夜宴，歌舞升平。那些光彩照人的女子，奢华而怡人的歌舞，纯真而放纵的他，明明酒酣歌罢，却仍旧兴味盎然。不让下人点燃红烛，他要骑着马，踏着月色归去。如此的神采飞扬，意气风发。

如此日复一日、夜复一夜、年复一年的笙歌宴舞，他好像毫不厌倦……

“情盘乐恣，欢赏忘劳。”“量珠聘伎，纫彩维艘。” 李煜玩乐得肆意而放浪，他细腻地描绘着自己的浮华，向众人展示他奢靡的生活。

他以为如此，自己便可以安全一点。

李煜眼见着帝王家的悲剧一幕接一幕地上演：长兄毒杀了被父亲重用的皇太弟，也就是亲叔父李景遂，而李弘冀终是和皇位无缘，不久也身亡了。

李煜在丝竹声里闭着双眼，两耳不闻窗外刀枪斧钺铮铮作响，心底却落下了一滴泪。

皇宫庭院的歌声更响亮了，舞跳得更欢快了，重重叠叠燃起的熏香似乎要熏去那浓浓的血腥味道。只有在音乐里、在书里、在画里，才是安全的，才是纯洁、干净的。李煜努力保有他的纯洁、干净和天真。

但人生的波折往往来得猝不及防。虽然所有的人都反对立李煜为太子，但父亲力排众议，让他入主东宫，最终他踏上那九重宝座。

也许是伪装了太久，他所有的斗志都在长夜靡靡中消灭殆尽；也许是逃避了太久，他已经不知如何去面对困难。他满腹经纶，情深而真挚，却唯独没有野心和霸气。所以，有人敬他为人宽厚，有人怨他软弱无能。

李煜也曾学习处理政事，但是他已然爱不起来了。《诗话类编》中写道："后主尝微行倡家，乘醉大书古壁：'浅斟低唱，偎红倚翠大师、鸳鸯寺主，传持风流教法。'"他爱的是寄情声乐、荡侈不羁的生活——倚翠偎红、美酒佳肴、旖旎的笙箫曲中那些数不尽的男欢女爱。

《一斛珠》

晓妆初过，沈檀轻注些儿个。向人微露丁香颗，一曲清歌，暂引樱桃破。

罗袖裛残殷色可，杯深旋被香醪涴。绣床斜凭娇无那，烂嚼红茸，笑向檀郎唾。

李煜眼中的歌女，脸上化着淡淡的妆，唇边还有一抹沉檀色；小嘴含笑未唱，只露出花蕾般的舌尖；樱桃小口微微一张，便流出婉转如莺的清歌。

酒会中的歌女更是身姿娇爽，手中的杯子盛满香醇的酒，微啜不过瘾便畅饮拼醉，丝毫不在意洒落的酒滴污湿了翩翩罗衣。最为动人的是，她嘴里叼着小红花，一边笑着一边唾向心上人。

李煜也有自己的心上人，但不是这些流落红尘的歌女，而是重重帘幕后的端庄闺秀。

李煜十八岁那年，将南唐大司马家的长女、十九岁的周娥皇，迎进了家门。后来，他称王，她被世人称为大周后。

彩云易散琉璃脆

富庶的江南给予了周娥皇美丽的容貌，和李煜一样，她也痴爱读书。

李煜写了词，她便谱曲编舞；李煜想听曲，她弹得一手好琵琶。她将唐明皇时代的“霓裳羽衣曲”重新考证编排，使得这首词在坊间再次流传；她搭配的衣饰，她勾画的妆容，都是流行的风向，人人都竞相效仿。

她聪慧、懂事，能博得所有人的喜爱。在为李煜连生了几个孩子之后，李璟将南唐镇宫之宝——烧槽琵琶送给了她。

她不是个迂腐的闺阁女子，她有一颗活泼灵动的心，更重要的是，她懂他。

李煜想下棋时，她是一个势均力敌的好对手；两人玩掷骰子时，他一定要小心才能赢过她。这世上好似没有她不懂的东西，没有她不会玩的游戏。

周娥皇明媚的笑容，将李煜前半生的阴霾一扫而光。他们一起读书，一起作画，一起研究音律，一起沉浸在歌舞里。那是他人生中最灿烂的一段日子。

这灿烂照进了他的生命里，他的词都是明快而鲜明的，没有丝毫的哀伤，真情不加雕饰，一洗晚唐以来花间词的轻浮靡丽，有情语、有韵味。

白居易说："大都好物不坚牢，彩云易散琉璃脆。"乾德二年（公元 964 年），周娥皇突患疾病，面容一天比一天憔悴。

她的身体渐渐衰弱，他手足无措。他害怕面对她生命的消亡，李煜想留住她，可是他知道留不住了。恍然间他又回到了当初那段惶恐度日的岁月，他想逃开，他以为看不见日渐枯萎的花朵，就能留住春天。

他看见了另一个她，和周娥皇一样美丽，一样动人。她的眼里是对李煜喷薄欲出的崇拜和仰望，李煜误以为是娥皇又回来了。于是，他沉醉了，情不自禁地靠近、再靠近。

《菩萨蛮·花明月暗笼轻雾》

花明月黯笼轻雾，今宵好向郎边去。刬袜步香阶，手提金缕鞋。

画堂南畔见，一向偎人颤。奴为出来难，教君恣意怜。

朦胧的月色下，花儿开得明艳，一双仅穿着袜子的金莲走在石阶上。女子手里提着金缕鞋，兴奋又紧张地走向画堂南畔，去见期盼已久的人。

这浓情蜜意的相会和甜蜜得化不开的柔情！李煜成婚时，她是他还不满五岁的妻妹，不知道什么时候竟已出落成一个国色天香的女人。

那一天，娥皇突然看见了妹妹美丽的身影闪现在帷幔外，她惊坐起来，问她："你来多久了？"

妹妹还只是个天真的少女，她扑闪着美丽的双眼，天真无邪地笑着回答娥皇："来了好几天了。"

还用解释什么吗？不需要了。此刻，娥皇什么都明白了。“夫婿轻薄儿，新人美如玉。合昏尚知时，鸳鸯不独宿。但见新人笑，那闻旧人哭。”常人尚且如此，何况帝王？

爱情和亲情的双重背叛，使得周娥皇的病越发严重。她有恨不能言，有苦不能诉，就这样一天一天地“枯萎”了。

他的逃避，伤了最爱之人的心。李煜第一次明白，逃避原来也如此伤人。他终于放下所有，回到周娥皇的身边，与她朝夕相伴。

李煜亲自过问娥皇的每一餐，每一碗汤药都是他先尝过，然后一口一口地喂给她喝。他衣不解带，目不交睫，夜晚在她身边和衣而睡。她每有一点动静，他必然翻身而醒，细心查看。

而她，始终不能原谅他的背叛。次子的夭折，终于成为吹灭红烛的最后一缕冷风，娥皇知道，她终究要离开了。

周娥皇仿佛顿悟了，爱和恨都是至死方休。但她仍欣慰，三生有幸，与他十年夫妻，得此一人心，“女子之荣，莫过于此”。她终于原谅了他，也放过了自己。

周娥皇为自己描绘最后的晚妆，带着心爱的琵琶在瑶光殿里香消玉殒。那一年，她不过二十九岁。

李煜不敢相信如此悲痛的现实，往日那些“白首不相离”的誓言竟成了人生的遗憾。想起爱人的离开，他觉得好冷，风呼啸着穿过胸膛，他低头一看，那里已经成空。原来心死，是这般滋味。

宫中的深井，曾照见过她的丽影，他想不如他与她同去吧！他冲到井边，终却被人死死抱住。不过几日，他几近枯槁，不到三十岁的人，却要靠拐杖才能行走。

那个少女拽着他的衣角问他：“你爱我吗？”

他没有回答。

三年后，李煜迎立娥皇的妹妹为后，世称小周后。然而，他的心早已枯萎。那个快乐的君王，再也回不来了。

爱情和诗词是李煜人生的全部，所以他落得个“性骄侈，好声色，又喜浮图，为高谈，不恤政事”的名声。旁人怎么说，他并不在意，只是一笑而过。

如何去勤政爱民？他不想吗？他只是做不到，如同当年他做不到和兄长一争皇位。

他何曾爱这掩耳盗铃的人生？

往事已成空，还如一梦中

走马灯般更替的五代十国，谁都没将那龙椅捂热。庙堂之上，人来人往，都是历史的过客。

天下，是能人手中的一局棋，李煜也不过是其中的一颗棋子。王侯将相的权力之争，人人都步步为营。

李璟在位时四处征战，手下将士四处抢掠，早已大失民心，国力也日渐衰微。

李璟驾崩后，李煜顺理成章成了南唐的国主，但国穷兵弱的南唐如何能阻挡后周强势的铁骑呢？

国势衰微的南唐本有一名猛将林仁肇，但李煜偏偏没有识人的慧眼，因为宋人的离间计将林仁肇杀害。从此，南唐失去了最后的庇佑，宋师也再无忌惮。

在家国灭亡之际，李煜放纵自己。他在酒里沉醉，在歌里忘情，常常醉倒在美人怀中。他不知道自己还能逃避多久。

《菩萨蛮·铜簧韵脆锵寒竹》

铜簧韵脆锵寒竹，新声慢奏移纤玉。眼色暗相钩，秋波横欲流。

雨云深绣户，来便谐衷素。宴罢又成空，梦迷春雨中。

纤纤玉手按抚在笙上（笙是将竹管编列在瓠里，再插入铜簧片制成的一种乐器，所以词人用“铜簧韵脆锵寒竹”来指代笙），缓缓吹奏着一首新谱的乐曲。耳中虽有音乐，却心不在焉。他和她的目光在空中纠缠，也许是一见倾心，也许是早就有了情感。

词的上阕浓情蜜意，下阕顿时烟消云散。深深的庭院被云隔雨阻，求而不得。他心中郁闷迷惘，又无处倾诉。

激情过后紧随着茫然，宴会结束，人去楼空。人生不也是一场宴会吗？眼前的一切，终逃不过成空的一天。偶尔酒醒清醒的瞬间，他也有片刻的恐慌。

“魂迷春梦中”，他好似将所有的期盼都寄托在了梦中。在凄凉的生活中，他用一场又一场的歌舞来抚慰心底的荒凉。

世界不会因为任何人的逃避而改变。开宝七年（公元 974 年）的秋天，赵匡胤派使者请李煜去汴京，后者借口自己生病推辞不去。新年未至，赵匡胤的兵马已渡过了长江天险，兵临城下。

《临江仙·樱桃落尽春归去》

樱桃落尽春归去，蝶翻金粉双飞，子规啼月小楼西，画帘珠箔，惆怅卷金泥。

门巷寂寥人去后，望残烟草低迷。炉香闲袅凤凰儿，空持罗带，回首恨依依。

这首词是李煜在围城中所作，仅词末的一个“恨”字就道出了所有情绪。围城遭遇危机，他已无力回天，“樱桃落尽春归去”，春末夏初的景物里隐藏着他的危亡之痛。这阕词还没填完，金陵陷落，李煜肉袒出降。他被封为“违命侯”，从此被幽禁在汴京城里一座小楼中。

在被幽禁的日子里，他的人生仿佛停止了，每一次日出、每一次日落，都是一样的。这种永无休止的重复叫寂寞。李煜大把的时光无处托付，往事如潮水一波一波涌来，直至将他淹没。

这时的李煜像是王尔德笔下的快乐王子，“金叶子”镶满全身，站在高处，看尽人世的凄凉。他剥掉了身上的宝石与曾经的尊严，也失去了最深爱的女人。他的心破碎了，这一生留下的只有笔墨间的伤心之作。

“国家不幸诗家幸，赋到沧桑句便工。”那些忐忑、恐惧、哀伤、悲愤、悔恨，都酿成了一颗断肠的毒药，吃下不会立即毒发身亡，却时时刻刻在煎熬着他。

江山，被他人掠夺；美人，也早已失去；朝代更替，子民向他人臣服。所幸，李煜还有满腹的才华，那是真正属于他的东西，没有任何人能抢走的东西。

王国维说：“词至李后主而眼界始大，感慨遂深，遂变伶工之词而为士大夫之词。”

他的人生虽然委顿了，生命却繁华地盛开过。

《破阵子·四十年来家国》

四十年来家国，三千里地山河。凤阁龙楼连霄汉，玉树琼枝作烟萝。几曾识干戈？

一旦归为臣虏，沈腰潘鬓消磨。最是仓皇辞庙日，教坊犹奏别离歌。垂泪对宫娥。

这首词是李煜在人生的最后几年所作，是对往昔岁月的回忆。三代李氏王国，短短四十年，三千里大好河山，醉生梦死，满眼繁花似锦，他怎能料到会有兵戎踏遍的一天。

家国不在，从天子到阶下囚，不过朝夕。繁花易落，繁华易过，不过云烟，字字泣血。因为生性纯真，所以即使是在幽禁之时，他惦念的仍是那些和他一起生活的女子。

《望江南·多少恨》

多少恨，昨夜梦魂中。

还似旧时游上苑，车如流水马如龙，花月正春风。

故国不再，昨夜梦回江南，又在上苑中游玩。上苑是昔日的皇家园林。往日的繁华纷沓而至，车马喧嚣，人声鼎沸。正是阳春三月，一派繁花似锦，怎样的热闹！

而梦醒后，面对仓皇的现实，怎么会不恨？

人们好似总是这样，从来都是因为幸福来得容易，所以就会忘记珍惜。可当懂得了珍惜，幸福往往已经远离。人世间有一种哀伤，叫作来不及。

《乌夜啼·无言独上西楼》

无言独上西楼，月如钩。寂寞梧桐深院锁清秋。

剪不断，理还乱，是离愁，别是一般滋味在心头。

一个人独自走上西楼，举头望月，月如钩。庭院里，清冷的月光洒在梧桐树上。寂寞的庭院，重门深锁。被禁在庭院中的人，悲愁无尽。

“无言”“独上”是一种难以向人诉说的寂寞，也是难解的孤独。孤独的残月如同他的人生一样不完满。寂寞空庭、萧瑟清秋、静默的梧桐，似乎都是李煜人生的映照。

清醒的时候最痛苦。因为醒着，所以往事历历在目。如果可以遗忘，谁也不愿记起。因为曾经的美好，只会照见如今的落寞，所以不如沉醉，不如沉睡。梦是他最后的避难所。

《浪淘沙令·帘外雨潺潺》

帘外雨潺潺，春意阑珊，罗衾不耐五更寒。梦里不知身是客，一晌贪欢。

独自莫凭栏，无限江山，别时容易见时难。流水落花春去也，天上人间。

五更梦回，丝绸被褥挡不住清晨的寒意，帘外春雨潺潺，此时是寂寞凌乱的残春。在梦里他忘记了自己是亡国的俘虏，在故国华美的宫殿里，一晌贪欢。醒来后，竟是流水落花，春去人逝。

人生的刀光剑影，都仿若浮生一梦。“醉乡路稳宜频到，此外不堪行。”在梦里，谁会知道自己身是过客？李煜的心仍停留在旧时的宫院里，旧时的宫娥和歌舞所带来的欢乐，都是过眼云烟。我们都是彼此生命里的过客，一旦擦身而过，便无法再相逢。

《子夜歌·人生愁恨何能免》

人生愁恨何能免，销魂独我情何限。故国梦重归，觉来双泪垂。

高楼谁与上？长记秋晴望。往事已成空，还如一梦中。

常人的仇恨倒也罢了，还能够忍受，但是世上没有人像自己这样痛苦到了无法忍受的地步。梦中还是一国之君，醒后却成了亡国之奴，想到此，总是垂泪两行。醒来后往事成空，倒不如梦中。

经历了大喜大悲的后主李煜是个伤心人，他一次又一次在梦中重回故里，一次又一次在梦醒后悲哀地痛哭。他的作品是蘸着血泪书写而成的。

水到绝处，自成风景；人至绝境，不是消亡就是重生。李煜注定不能再重新经历一遍人世繁华，但他在自己的词里得到了永生。他不仅赋予了自己新的生命，也赋予了词新的生命。从此，词不再只是狎妓时低俗的艳情小曲，而是走进了上层士大夫的精神世界。

李煜笔下的悲哀，不是自己一个人的悲哀，他言说了滚滚红尘中众生的悲哀。人的生命在春花秋月里消逝，不因你是九五之尊而停留，也不因你命如草芥而加速，它是如此的平等。

李煜的内心如浩瀚的海洋，也如静水无波的湖面，但只要有一点触动，哪怕是落在湖面上的一瓣桃花，也会惊起波澜，也会旌旗摇动。李煜的感情深沉和幽远，他一直在用最真挚和深切的情感写词。

《乌夜啼·林花谢了春红》

林花谢了春红，太匆匆。无奈朝来寒雨晚来风。

胭脂泪，留人醉，几时重？自是人生长恨水长东。

花开花谢，人生匆匆，也是无可奈何啊，花儿怎么能经得起寒风骤雨的摧残。红花被雨水淋过，飘落得遍地都是，像是美人双颊上的胭脂在和着泪水流淌。什么时候才能重逢呢？人生中令人怨恨的事情太多，就像那东逝的江水，永无尽头。

一朵花的凋谢尚不致悲伤，一片花海的凋零才真的令人绝望。就这样和春天告别，那终将流逝的东西任谁也挽留不住。人生就是如此，每个人都是在风雨中蹒跚行走的。

人生如逝水，奔流无回，有爱莫能助的无常，也有束手无策的哀伤。

问君能有几多愁？恰似一江春水向东流

开宝九年（公元976年）深冬，宋太祖赵匡胤在“烛影斧声”中离奇死去，成为一桩历史悬案。没有人知道赵匡胤是怎么死的，只知道他在死亡的那天晚上，曾召集晋王赵光义议事，有人似遥见屋中烛光摇动，又有人听见类似斧子戳地的声音。之后，太祖便驾崩了。

仅一夜间，江山易主，李煜失去了保护他的最后一道屏障。

对李煜，赵匡胤留有三分薄面。虽然李煜是赵匡胤的阶下囚，但赵匡胤却是懂得他才华的那个人，“李煜若以作诗词工夫治国家，岂为吾所俘也！”

然而，宋太宗赵光义与赵匡胤不同，他对李煜没有敬意，而且他的目光停留在小周后的身上。

第二年的正月十五，小周后随朝廷命妇进宫拜贺，一连几日不回。半月后，才有一顶轿子把形容憔悴的她抬回李煜的身边。她哭、她闹，她大骂他无能。

他又能怎样呢？他只能默默地走开，不看、不听，大约就没那么疼了吧。但，这只是开始。

沉痛劈开了他人生的触觉，令他的词境界越发开阔。他的人生不再只有自己，他从自己的人生经历中体会到了众生之痛。

李煜终于明白，逃避不能解决任何问题，他开始审视自己过去的种种。有南唐旧臣前去拜访他，天性淳厚的李煜将心里话和盘托出，他抚今追昔，叹自己错杀良臣。

只是这一切都落进了宋太宗的耳里，杀心已起。

又到七夕，寂寞空庭，他和小周后对坐。酒入愁肠，他写下这首词。

《虞美人·春花秋月何时了》

春花秋月何时了，往事知多少。小楼昨夜又东风，故国不堪回首月明中。

雕栏玉砌应犹在，只是朱颜改。问君能有几多愁？恰似一江春水向东流。

这首词是李煜的绝命词。相传，李煜在寓所中命故妓唱这首《虞美人·春花秋月何时了》，却声闻于外，宋太宗听后大怒，命人赐下毒酒。

李煜喝下毒酒，全身抽搐，手足相接蜷缩一处，直到死去。他蜷缩成一个圆，如同人生的圆。他又回到了起点。

李煜终于懂了，人生万古忧愁，不过是各自背负着行囊蹒跚而行。

他终于明白，不是穿上华服，就能安享普天的景仰。那高耸的宫墙，从来没能抵挡住命运的剑影刀光；那庙堂里的尊享，能万古流芳的从不靠别人，而是靠自己的能力、自己创造的辉煌。

四十二岁，李煜的生命走到了尽头。江山败于宋人之手，而他用词征服了整个宋朝，乃至百代。在诗词的帝国里，他做了永生的王。

范仲淹

先天下之忧而忧，后天下之乐而乐

北宋初年，奢靡享乐之风盛行，艳词如同繁花竞放。直到范仲淹的出现，才让北宋初年的词坛少了一些香艳软红，多了一丝雄浑豪迈。

他的词就像他的人一样，磅礴大气、正义凛然——在他的词中，有巍峨的高山，有奔腾的河流，有滚滚的黄沙与苍茫的落日；在战士们的眼中，他英勇善战，铁骨铮铮，迎着边塞的风沙岿然不动。然而谁曾想到，这样一位豪气冲天的大将军，却出生于秀丽婉约的江南。

文人墨客大多青睐苏州的荷田与名园，仿佛每一片荷叶下、每一条幽径旁，都能采撷到诗情画意。有人说，苏州是江南的仙子，钟灵毓秀，人杰地灵。

范仲淹的母亲谢氏，是苏州一户富贵人家的独生女，琴棋书画无一不精，可谓才貌双全。然而，她却甘愿为妾，下嫁给苏州名吏范墉。新婚燕尔，十分幸福。范仲淹两岁时，范墉突然去世。家道中落，范氏家族自然无法再容纳母子二人。于是，年轻的谢氏带着范仲淹改嫁淄州长山（今山东省邹平县）朱文翰，范仲淹也改名为朱说，并在朱家长大成人。

继父朱文翰并非刻薄之人，对范仲淹“既加养育，复勤训导”，抱以希冀。

范仲淹自幼苦读，书台夜雨，寒暑不倦。清代翰林张明先有诗云，“荒台夜夜芭蕉雨，野沼年年翰墨香”，以此清幽冷寂的诗境来概括范仲淹的苦读生活。

山东邹平的长白山醴泉寺烟云缭绕，古木参天，是一处适合静心学习的好地方。在继父友人的引荐下，范仲淹来到这处群山环绕的求学圣地，跟随寺内住持慧通大师学习。

他不仅苦学，而且勤俭。寒冬时节，他每天的饮食仅为一碗粥。等粥冷却，再切成四块，早晚各两块，配以盐拌韭菜末。这便是“划粥断齑”的典故。

徜徉书海，范仲淹渐渐有了自己的理想，他开始了解民情，关心政事，立志“宁鸣而死，不默而生”。当然，他的志向并不是入朝为官，而是想让国家繁荣昌盛，想让天下百姓安居乐业。他年少立大志，注定了之后的跌宕人生。

二十三岁那年，他得知自己的身世后，由于不忍朱家兄弟的欺辱，毅然决定自立门户，含泪辞别生母继父，提琴携剑，前往南京[1]（今河南省商丘市），踏上了求学之路。

范仲淹素爱弹琴，平时只弹《履霜》。很少有人知道他为何钟情于此曲，或许是因为他内心凛冽，指间流动的音符，如那踏雪而来的跫音吧！

当时，南京有宋代六大书院之一的应天府书院。那里藏书众多，名士云集，而且对贫困的学生减免学费。范仲淹有幸进入应天府书院学习，苦读数载，终于从“寒儒”一跃为“进士”，开始了将近四十年的仕途生涯。

1 北宋王朝共有四京，即东京开封府、西京河南府、北京大名府和南京应天府。

年年忆着成离恨，祇托春风管句来

仕途深似海，任何不当的言论、举动都有可能掀起狂风巨浪，这是聪明人都懂的规则。

范仲淹两袖清风，不被官场上的浊气所染。他言事无忌，入仕之初便看到了宋朝安享太平下的体制弊端，不断向朝廷提出谏言。

当他还是大理寺丞时，就给朝廷呈上了《奏上时务书》，提出了“出救文弊以厚风俗，整武备以御外患，重馆选以养人才，赏台谏以开言路”的建议。

只不过，他位卑言轻，并没有受到朝廷的重视。

后来，生母溘然长逝，他却“不以一心之戚，而忘天下之忧”。悲痛之余，范仲淹又向朝廷呈上了一份万言书《上执政书》，提出“固邦本，厚民力，备戎狄”等改革建议。

这封万言书传到宰相王曾手中，王曾对他十分赏识，于是将万言书拿给部下晏殊阅读。当时的晏殊在枢府任职，眼力和言辞都举足轻重。读完万言书后，晏殊也大为赞赏，在他的推荐下，宋仁宗任命范仲淹为秘阁校理，负责皇家图书典籍的校勘和整理。自此，范仲淹平步青云，报国奉行“以言为先”，次次都是药石之言。

他那份近似固执的坚持，昭若明月。他忧国忧民，甘愿许国忘身。

范仲淹是一个闲不住的人，言辞更是刚烈耿介。由于不满宰相吕夷简干涉朝政、培植羽党，他向宋仁宗皇帝进献《百官图》，劝谏宋仁宗自主掌权。

这自然得罪了吕夷简，于是范仲淹被贬至江西鄱阳，任饶州知州。

哪承想到，鄱阳水暖，孕育着无数风流韵事。范仲淹年轻气盛，又如何逃得过情字的纠缠呢？只是，他爱上的女子出身青楼，身似浮萍。

女子叫甄金莲，出身官宦之家，可惜父母早亡，年幼的她被叔父卖到青楼。她从小习文，能诗擅词，绝非一般的青楼女子。

范仲淹见到这位才色不俗的女子，便心生爱慕之情。

他与其他风流才子不同，不会只写几句肉麻的情诗，而是想与她结百年之好，携手共度余生。然而，她身为官妓，在没有从良之前，官员是无法迎娶的。

两人惺惺相惜，却只能遥遥相望。

《怀庆朔堂》

庆朔堂前花自栽，便移官去未曾开。

年年忆着成离恨，祇托春风管句来。

几年时光匆匆而逝，范仲淹回到京城，仍对甄金莲念念不忘。于是，他写信给老朋友魏介，婉转地表达了自己的相思之情："我在庆朔堂（两人之前饮酒论诗的地方）前种下花草，直到离任都未曾开花。每年春天我都会想象它们繁花似锦的景象，却只能托春风将花香送入我的梦中。"

他还附上胭脂一盒，让魏介转交给她，并题诗一首：

《无题》

江南有美人，别后常相忆。

何以慰相思，赠汝好颜色。

魏介看完信，心领神会，于是帮她赎身，再派人将她送到范仲淹的府中。

才子佳人终成眷属。

羌管悠悠霜满地，人不寐，将军白发征夫泪

北宋的安稳岁月没过多久，便传来了西夏入侵边境的消息。

宋仁宗心慌意乱，夜夜难眠，他知道范仲淹众望所归，也知其精忠报国的胸怀。于是，升范仲淹为龙图阁直学士，派他带兵戍守边关。

从此，他远离故乡，整日面对大漠黄沙与长河落日。

《苏幕遮·怀旧》

碧云天，黄叶地。秋色连波，波上寒烟翠。山映斜阳天接水。芳草无情，更在斜阳外。

黯乡魂，追旅思。夜夜除非，好梦留人睡。明月楼高休独倚。酒入愁肠，化作相思泪。

碧云飘扬的天空，黄叶散落的大地，无边的秋景连接着江中水波，水波上还弥漫着苍翠的寒烟。夕阳西下，芳草萋萋，多么令人动容的塞北之秋啊！

范仲淹眼中的世界越是美好，现实的世界就越是残酷，身在他乡，羁旅愁思又何以排解呢？也只能独倚高楼，饮下苦酒，在梦中嗅一缕乡土的味道。乡愁笼罩心头，范仲淹只能遥望远山，将思绪藏于笔尖，在字里行间描绘故乡的云和月。

《御街行·秋日怀旧》

纷纷坠叶飘香砌。夜寂静、寒声碎。真珠帘卷玉楼空，天淡银河垂地。年年今夜，月华如练，长是人千里。

愁肠已断无由醉，酒未到、先成泪。残灯明灭枕头敧，谙尽孤眠滋味。都来此事，眉间心上，无计相回避。

夜深人静，秋叶飘落在石阶上的声音透着寒意，华丽的楼阁也显得格外空荡。一位女子卷起珠帘，只见月光如练，银河垂地，不由感叹道："年年中秋都见到那轮素白的明月，年年今夜心爱之人都远在千里之外。"

词中的这位女子便是范仲淹朝思暮想的人，但是在国家大事前，他只能将自己的情愫深埋起来。这份情感好像一壶酒，越埋越香醇。

范仲淹狂饮浊酒，想让自己沉醉不醒。然而，酒还没有入口，便化成了辛酸的眼泪。

夜已深，残弱的灯火在风中摇曳，忽明忽暗。他疲惫地靠在枕边，难以入眠。离愁就像疯长的藤蔓缠绕着他的身体，他感到呼吸困难，久久无法摆脱这种感觉的束缚。

这时，军中的号角吹响，周围的号角声也随之而起。

他突然清醒过来，意识到自己身负使命，必须保卫国土，抵御外敌，怎么能沉溺在儿女情长中！他心中的浩然之气油然而生，就像塞北的秋天一样，高远、苍凉、明净。

《渔家傲·秋思》

塞下秋来风景异。衡阳雁去无留意。四面边声连角起，千嶂里，长烟落日孤城闭。

浊酒一杯家万里。燕然未勒归无计。羌管悠悠霜满地，人不寐，将军白发征夫泪。

范仲淹写过一组描绘边塞生活的《渔家傲》，《秋思》便是其中最知名的一阕：

塞北的秋天和江南不同。大雁飞往衡阳，飞往自己的家乡，没有停留之意，而驻守边塞的将士却不知何日能归去。黄昏时，戍角悲鸣，层峦叠嶂之下，孤城紧锁。

一杯浊酒如何填满万里乡愁？战事未息，还没有像东汉窦宪那样成功抵御匈奴，勒石燕然，所以归期未定。将士听着悠扬的羌笛，看着满地寒霜，深夜无眠。将军为了操持军务，须发染上了霜雪。战士们久戍边塞，流下思乡之泪。

范仲淹亲临战场，带兵作战。他的作品反映出战争的残酷，也让人体会到真切的爱国情怀。他驰骋于沙场与诗坛，守卫国家，留下无数名篇。

如果要论骁勇善战，西夏兵必然胜于宋兵，可是打仗不能光靠蛮力，还要论智慧。

范仲淹用兵精奇，先是按兵不动，严防死守，接着找准机会，修筑西北防线。他带领士兵，在十天之内修建了大顺城，与宋军各个保寨遥相呼应。西北防线固若金汤，无论西夏铁骑如何彪悍，也无法攻破这道坚固的防线。

西北边陲唱起了歌谣："军中有一范，西贼闻之惊破胆！"西夏人也敬佩这位智勇双全的大将军，称他为"小范老子"。

最后，西夏同意议和，宋夏边界有了近五十年的和平。

先生之风，山高水长

西北边塞的战事稍宁，范仲淹便被宋仁宗召回京城任职，负责起草国家的新政方案。

北宋的官僚体系痼疾越来越严重，行政效率越来越低下，内忧外患不断出现。范仲淹针对这些问题呈上了《答手诏条陈十事》，提出严明官吏升降制度、严明贡举制度、兴备武器等十条改革建议。

宋仁宗欣然接受，"庆历新政"便拉开了帷幕。

不过，这次改革也与历史上的很多改革一样，触怒了权贵，最终还是失败了。新政仅实施一年，宋仁宗在巨大的压力下，只能将其废除，并将范仲淹贬往邓州。

官场失意的范仲淹报国无门。好友滕子京请求他为重修岳阳楼作传，并且赠予他一幅《洞庭晚秋图》。虽然范仲淹身体欠佳，但还是答应了下来。

在邓州的书房里，他回忆起往事：年少时的寒窗苦读，初入官场时的屡屡被贬，戍守边塞时的凄寒与痛楚。而今年他老体衰，受到官场权贵倾轧，远走他乡。

他一生都没有去过岳阳楼，可是眼前却出现了浩荡的湖水与高耸的楼阁。

他也终于明白，作为一个士人，应该以天下苍生为重。人生总要历经磨难，才能在波涛中岿然不动。于是，在名垂青史的《岳阳楼记》中，他写下了这样的句子：

> 居庙堂之高则忧其民，处江湖之远则忧其君。
> 是进亦忧，退亦忧，然则何时而乐也？
> 其必曰："先天下之忧而忧，后天下之乐而乐"乎。

七年之后，范仲淹调任颍州，途中因病而逝。

宋仁宗亲书"褒贤之碑"，赐谥号文正，追封楚国公。

范仲淹留下的词作仅数篇，却为后世词人指明了方向——真正伟大的作品，必然出自伟大的心灵。这样的心灵不会仅仅囿于男欢女爱，不会只沉醉于旖旎的花间，还应该扩展视野，看到百姓苍生。

范仲淹还写过一篇《严先生祠堂记》，文章结尾写道：

云山苍苍，江水泱泱，先生之风，山高水长！

这也是范仲淹自己的人生注脚：高山云雾缭绕，江水浩浩荡荡，先生的品德，比山更高，比水更长！

柳永

多情自古伤离别，更那堪，冷落清秋节

花，妖娆盛放，艳丽而清香。

蝶，自在翩跹，流连于花间。

柳永是多情公子、白衣情圣，他一生流连于多个女人之间，如同蝴蝶流连于花间，从这一朵飞到那一朵，驻留片刻之后，又被前方的花香迷醉。爱他的女人更是不计其数，仿佛春天的花朵竞相绽放，香飘万里。

他的每一段感情都是如此真切，让人刻骨铭心。

《蝶恋花·伫倚危楼风细细》

伫倚危楼风细细。望极春愁，黯黯生天际。草色烟光残照里。无言谁会凭阑意。

拟把疏狂图一醉。对酒当歌，强乐还无味。衣带渐宽终不悔。为伊消得人憔悴。

漂泊异乡时，他凭栏远眺，微风习习，望不尽的春日离愁，黯然从遥远的天际升起。雾气笼罩着芳草，在落日的余晖里闪烁着迷人的光彩。

他却默默无语，没有一个人知道他凭栏而立的心情。

内心的空荡荡需要用酒弥补，举樽高歌却只是强颜欢笑，饮而无味。原来是尝尽了相思之苦，为心爱之人，他日渐消瘦却始终不悔，甚至愿意为她日渐憔悴。

爱情再美好也如烟花易冷，蝶总有折翼的一天，花总有凋零的结局。

时间带走了形骸，留下的清香却未曾消散。

殷晴雷，云中鼓吹，游遍蓬莱

柳永原名柳三变，在家中排行老七，因此又称柳七。

柳永生于官宦之家，祖上以儒学著称，父亲柳宜中过进士，曾在南唐为官。他的叔父和两位哥哥都是进士，所以他从小饱读诗书，希望有朝一日也能考取功名。

咸平五年（公元1002年），柳永离开家乡福建崇安，准备进京参加礼部考试。他从钱塘入杭州，被一路上的湖光山色、都市繁华所吸引，遂流寓江南，沉醉于笙箫歌色之中。

《望海潮·东南形胜》

东南形胜，三吴都会，钱塘自古繁华。烟柳画桥，风帘翠幕，参差十万人家。云树绕堤沙。怒涛卷霜雪，天堑无涯。市列珠玑，户盈罗绮竞豪奢。

重湖叠巘清嘉。有三秋桂子，十里荷花。羌管弄晴，菱歌泛夜，嬉嬉钓叟莲娃。千骑拥高牙。乘醉听箫鼓，吟赏烟霞。异日图将好景，归去凤池夸。

杭州的地理位置优越，曾是三吴的都会，一直都很繁华。绿柳如烟，彩桥如虹，微风轻抚垂帘，掀起翠绿的帷幕。楼阁有高有低，至少十万人家。高耸入云的大树环绕着钱塘江的堤岸，汹涌的潮水卷起霜雪般的白浪，江面看上去宽广无涯。街头巷尾的店铺陈列着琳琅满目的珍宝，家家户户都有用不完的绫罗绸缎，富庶的生活无比奢华。

西湖波光潋滟，远处层峦叠嶂，更是秀美。这里有秋桂飘香，有夏荷成塘。天晴时，人们欢快地吹奏羌笛；入夜后，还有人划船采菱唱歌。无论垂钓的老翁，还是采莲的姑娘，都眉眼含笑。浩荡的骑兵簇拥着巡察归来的高官，在微醺中听箫鼓，吟诗作词，赞赏美丽的山光水色。他日将这番美景描绘出来，回京升官时好向朝中的人夸耀。

柳永作这首词，并不只是单纯地赞美江南的美景与富庶，而是“另有隐情”。

据宋代罗大经在《鹤林玉露》中记载，柳永在杭州逗留一段时日后，想去拜会自己的老朋友孙何。当时孙何正任两浙转运使，身为高官，门禁甚严。柳永一介布衣，想要见孙何十分困难。于是，他作了这首词，请当地名妓在孙何的宴会上反复吟唱。

孙何被这首词吸引，问作者是谁，名妓说：“这是你的老朋友柳三变所作……”

柳永这才有机会见到孙何，与他同游数日。《望海潮》是一首干谒词，柳永写它也是为了让孙何举荐自己。这首词华丽而清秀，让柳永声名大噪。

后来，孙何还京，任职于太常礼院，柳永还写下《玉蝴蝶》，追忆两人同游的乐事：

> 渐觉芳郊明媚，夜来膏雨，一洒尘埃。满目浅桃深杏，露染风裁。银塘静、鱼鳞簟展，烟岫翠、龟甲屏开。殷晴雷，云中鼓吹，游遍蓬莱。
>
> 徘徊。集旌前后，三千珠履，十二金钗。雅俗熙熙，下车成宴尽春台。

好雍容、东山妓女，堪笑傲、北海尊罍。且追陪，凤池归去，那更重来。

春天已至，昨夜霖雨，浸润尘埃。待春色渐渐明媚，芬芳的郊外，映入眼帘的是满满的深色桃花和浅色杏花，玉露为其染出鲜嫩之色，春风轻拂，为其裁剪出妖娆的风姿。柳永与孙何一同出游，眼前是银白色的水塘，水面上泛起粼粼波光，犹如卷起的竹席慢慢展开；远处是烟雾缭绕的山峰，丘陵如同龟背般圆滑，险峰如同孔雀开屏般美丽。云天之外传来的鼓乐，如雷鸣响彻山间。在不知不觉间，两人已经游遍了京郊处如同蓬莱仙境般的极致美景。

两人旅途中与权贵的车仗相遇，后者贵宾众多，豪华且奢侈，熙熙攘攘间，选择景色至美之地摆设野餐，雍容华贵之中，亦有东晋谢安的儒雅之风。暂且追随做个陪客也不错，此情此景让人不舍离去。

离开杭州后的柳永，沿汴河到苏州、扬州，最后来到京城参加科举考试。一路作词，吟风弄月，度过了一段放荡不羁的青年时光。

忍把浮名，换了浅斟低唱

京城繁华极盛，秦楼楚馆，人来人往，夜夜笙歌。

京城的街道上，除了店铺酒楼，最多的就是妓馆。朱雀门外，下桥南，北两斜街，处处红莺乱舞。

北宋初年的陶谷曾说过，京城的“鬻色户籍”达万户之多。

柳永初入京城，沉醉于京城繁华的同时，也不忘科考之事。他踌躇满志，以为自己“定然魁甲登高第”，却没想到初试落第。

考官认为，他的作品“属辞浮糜”，无真情实意。

科举就像一座独木桥，金榜题名者万里挑一，落第者不计其数，没考中也很正常。柳永却耿耿于怀，将内心的不满浇筑在文学作品中。

《鹤冲天·黄金榜上》

黄金榜上。偶失龙头望。明代暂遗贤，如何向。未遂风云便，争不恣狂荡。何须论得丧。才子词人，自是白衣卿相。

烟花巷陌，依约丹青屏障。幸有意中人，堪寻访。且恁偎红倚翠，风流事、平生畅。青春都一饷。忍把浮名，换了浅斟低唱。

我只是偶然失去了金榜题名的机会，即使开明的时代也会出现错失贤能的情况，只是我将何去何从呢？既然无法完成报效国家的宏图大志，那我就随心所欲、放浪形骸吧！何必去计较得失呢？我做一个为歌姬谱写词章的才子词人，就算身着白衣，也不输给公卿将相。

在烟柳花巷之中，隔着朦胧的丹青屏障，我恍惚看到了美人的身影，那正是我的意中人。我要追寻她的芳踪，偎红倚翠，享受风花雪月的人生。青春如此短暂，我要忍痛将那虚浮的功名，换成手中的一杯酒和耳旁婉转的吟唱。

柳永当时已经很有名气，“凡有水井处，皆能歌柳词”。皇帝吃饭时都要让人唱柳永的词。没过多久，那句“忍把浮名，换了浅斟低唱”便传到了皇帝耳中。起初，柳永还沾沾自喜，就算没有考上功名，自己也能红遍京城，可没想到，皇帝和他较上劲了。

第二次参加科考，柳永总算是过了。不过，宋仁宗御批进士，见柳永大名便心生芥蒂：你柳永不开心了就说我“遗漏”贤人，还说功名如浮云，不如“浅斟低唱”，那你就去做你的白衣情圣，在秦楼楚馆中消磨时光吧！于是，朱批几个大字：“且去填词！”

柳永也是奇才，皇帝让他去填词，他就去填词，还自称“奉旨填词柳三变”。这样一来，他的名气更大了。如果京城哪位歌妓不知道“柳七官人”，便会被人耻笑。

民间还传唱这样的歌谣：

> 不愿穿续罗，愿依柳七哥；不愿君王召，愿得柳七叫；
>
> 不愿千黄金，愿中柳七心；不愿神仙见，愿识柳七面。

然而，柳永并未完全放弃功名之志。

据宋代张舜民《画墁录》记载，柳永惹恼了宋仁宗皇帝，吏部不肯授官。他便求见当时的宰相晏殊。他以为晏殊会欣赏他的才华，倾力相助。

没想到，晏殊意味深长地问："贤俊作曲子吗？"

柳永回答："我和宰相大人一样，平时也爱写个小曲。"

晏殊笑道："殊虽作曲子，不曾道'针线闲拈伴伊坐'。"

在晏殊看来，柳永整日净写一些淫词艳曲，净说一些没出息的话，还好意思当官？

柳永会意，黯然离去。

晏殊用来指责柳永的那句词，出自《定风波·自春来》：

> 自春来、惨绿愁红，芳心是事可可。日上花梢，莺穿柳带，犹压香衾卧。暖酥消。腻云亸，终日厌厌倦梳裹。无那。恨薄情一去，音书无个。
>
> 早知恁么，悔当初、不把雕鞍锁。向鸡窗。只与蛮笺象管，拘束教吟课。镇相随，莫抛躲。针线闲拈伴伊坐。和我。免使年少，光阴虚过。

这首词中写一位女子让自己的丈夫外出考取功名，在春来花红之时只想与他"镇相随、莫抛躲，针线闲拈伴伊坐"。柳永将功名看得如此轻，也与自己屡试不第有关吧！

在繁华的京城，他没能博得功名，却写下了无数名篇，结识了无数红颜。那一段段可歌可泣的爱情，如同繁星般闪耀在他的词作之中。

似把芳心、深意低诉

宋朝有一群特别的女人，她们貌美如花、才华横溢，琴棋书画、诗词歌舞无一不精。她们和不同的男人谈情说爱、吟诗作赋。她们敢爱敢恨，甚至为爱遁入空门，为情香消玉殒。

她们是宋代“官妓”，提供的服务是歌舞、弹唱，用以助酒兴。

柳永滞留京城的那几年，成了作词红人。哪位歌妓能够得到柳永写的词，定会身价倍增。歌妓们都爱这位白衣情圣，将自己的前程紧系在他身上。只要通过他的品评，那位歌妓必然会走红，身价暴涨。

当时，京城几位顶级官妓，比如陈师师、刘香香、钱安安等，都争着供养柳永。

《玉女摇仙佩·佳人》

飞琼伴侣，偶别珠宫，未返神仙行缀。取次梳妆，寻常言语，有得几多姝丽。拟把名花比。恐旁人笑我，谈何容易。细思算、奇葩艳卉，惟是深红浅白而已。争如这多情，占得人间，千娇百媚。

须信画堂绣阁，皓月清风，忍把光阴轻弃。自古及今，佳人才子，少得当年双美。且恁相偎倚。未消得、怜我多才多艺。愿奶奶、兰心蕙性，枕前言下，表余心意。为盟誓。今生断不孤鸳被。

世间有数不尽的奇花异草，深红、浅白虽不是单调的颜色，又如何与眼前的女子相提并论呢？她集尽尘世之美，姿态千娇百媚。

清风潜入美人的绣阁，明月悄然作伴，怎能辜负这美好的时光？才子佳人相互依偎，吟风弄月，彼此盟誓，永世不分离。

《甘草子·秋暮》

秋暮。乱洒衰荷，颗颗真珠雨。雨过月华生，冷彻鸳鸯浦。

池上凭阑愁无侣。奈此个、单栖情绪。却傍金笼共鹦鹉。念粉郎言语。

秋雨飘洒在满塘残荷之上，莹莹雨珠就像晶莹剔透的珍珠。风过雨停，寒月升空，鸳鸯浦一片清冷。美人凭栏凝望，身旁无人陪伴，孤独萦绕心间。她只能站在鸟笼旁，逗弄鹦鹉，向它倾诉思君之情。

《黄莺儿·园林晴昼春谁主》

园林晴昼春谁主。暖律潜催，幽谷暄和，黄鹂翩翩，乍迁芳树。观露湿缕金衣，叶映如簧语。晓来枝上绵蛮，似把芳心、深意低诉。

无据。乍出暖烟来，又趁游蜂去。恣狂踪迹，两两相呼，终朝雾吟风舞。当上苑柳秾时，别馆花深处。此际海燕偏饶，都把韶光与。

春暖花开，黄莺在林间飞舞，晨露沾湿它金黄色的羽毛，绿叶间传来它清脆的鸣叫。那声音如此缠绵，仿佛向春天诉说着自己的芳心。

在柳永的笔下，歌妓变得如此可爱，美丽脱俗。他毫不吝惜自己的笔墨，给她们写了各种情歌，从相思相守到相惜离别，写得婉转秀丽、细腻真诚。

很多歌妓都被他词中的感情所打动，暗许芳心，而柳永最爱的却只有谢玉英。

此去经年，应是良辰好景虚设

柳永在京城滞留数年，四次参加科举考试，即便最终考中，也不得宋仁宗重用，只得了个余杭县令。任职途中，他路过江州，结识了名妓谢玉英。

在她的书房内，他发现了一本《柳七新词》，是她用蝇头小楷抄录的。她一直很喜欢他的词，他也对她一见倾心，两人相见恨晚。才子配佳人，一读而知心。

他前往余杭任职，临别时，写下千古传颂的名篇《雨霖铃·寒蝉凄切》：

> 寒蝉凄切，对长亭晚，骤雨初歇。都门帐饮无绪，留恋处，兰舟催发。执手相看泪眼，竟无语凝噎。念去去、千里烟波，暮霭沉沉楚天阔。
>
> 多情自古伤离别。更那堪、冷落清秋节。今宵酒醒何处，杨柳岸、晓风残月。此去经年，应是良辰、好景虚设。便纵有、千种风情，更与何人说。

离别之时，秋蝉叫得凄切，长亭落日，暮雨潇潇。两人依依不舍，含泪对望，船夫却在催促出发。两人拉着手，含着泪，互相看着对方，心中千言万语化作相对无言。此去千里，前方是楚地暮霭沉沉的天空，身后是一望无际的烟波，心爱的人只能留在心里。

自古多情的人最害怕离别，更何况在这萧瑟清冷的秋天！不知道自己酒醒时，会身在何处呢？恐怕只能看到沿岸的垂柳，面对冷清的晨风与残月。这一去数年，爱人不在身边，哪怕良辰美景，也形同虚设；就算满腹诗情，又有谁能懂呢？

与谢玉英分别后，柳永对她思念不已。

《引驾行·红尘紫陌》

红尘紫陌，斜阳暮草长安道，是离人、断魂处，迢迢匹马西征。新晴。韶光明媚，轻烟淡薄和气暖，望花村、路隐映，摇鞭时过长亭。愁生。伤凤城仙子，别来千里重行行。又记得临岐，泪眼湿、莲脸盈盈。

消凝。花朝月夕，最苦冷落银屏。想媚容、耿耿无眠，屈指已算回程。相萦。空万般思忆，争如归去睹倾城。向绣帏、深处并枕，说如此牵情。

红尘落日，芳草茵茵，京城的道路上满是游子。村中繁花似锦，阡陌纵横，绿树成荫。他却无心观赏风景，心里都是她的影子。如今相隔千里，却还记得离别时流下的眼泪。她的脸庞红如莲花，却被盈盈的泪水打湿，如此刻骨铭心。

每逢花朝月夕，她一定感到格外孤苦，彻夜无眠，或许已然将他的归期算好。彼此情意缠绵，有朝一日再相聚，两人同眠绣帐里，万般心事一一倾诉。

《雪梅香·景萧索》

景萧索，危楼独立面晴空。动悲秋情绪，当时宋玉应同。渔市孤烟袅寒碧，水村残叶舞愁红。楚天阔，浪浸斜阳，千里溶溶。

临风。想佳丽，别后愁颜，镇敛眉峰。可惜当年，顿乖雨迹云踪。雅态妍姿正欢洽，落花流水忽西东。无聊恨、相思意，尽分付征鸿。

秋景萧索，苍凉的大地触动了他的忧愁。渔市冷清，残叶绯红，江水衔着落日，波涛无尽地翻滚。他凭栏临风，又想起了遥远的她。

那日，我们匆匆离别，犹如云雨消散，而今天各一方，只能将相思托付给远行的大雁。

虽然柳永生性风流，在余杭待了三年，也结识了许多江浙名妓，但他内心仍然不忘谢玉英。

任满回京之际，他匆匆赶往江州与她相会，却未见她的身影。原来，她又陪客喝酒去了。他内心惆怅，在花墙上赋词一首，讲述三年前的恩爱光景，便离开了。

《击梧桐·香靥深深》

香靥深深，姿姿媚媚，雅格奇容天与。自识伊来，便好看承，会得妖娆心素。临歧再约同欢，定是都把、平生相许。又恐恩情，易破难成，未免千般思虑。

近日书来，寒暄而已，苦没忉忉言语。便认得、听人教当，拟把前言轻负。见说兰台宋玉，多才多艺善词赋。试与问、朝朝暮暮。行云何处去。

谢玉英归来，看到花墙上的词，眼泪决堤。柳永风流成性，怎么可能对她如此钟情呢？她的内心没赌定，可他却情真意切。她自愧未守誓言，于是卖掉家私赶往京城去找他。

几经周折，她总算在京城名妓陈师师家中找到了他。两人冰释前嫌，重修旧好。

此后，她住在陈师师家的东院，与柳永以夫妻相称，共同生活。

不忍登高临远，望故乡渺邈，归思难收

多年后，京城繁华如旧。然而，故交零落，物是人非。柳永触目伤怀，再次离开京城，前往西北。

明道年间，他漫游至渭南，思念爱人，写下《八声甘州·对潇潇暮雨洒江天》：

对潇潇、暮雨洒江天，一番洗清秋。渐霜风凄紧，关河冷落，残照当楼。是处红衰翠减，苒苒物华休。惟有长江水，无语东流。

不忍登高临远，望故乡渺邈，归思难收。叹年来踪迹，何事苦淹留。想佳人、妆楼颙望，误几回、天际识归舟。争知我、倚栏干处，正恁凝愁！

潇潇暮雨洒落江面，经过秋雨的清洗，秋景格外清寒。吹来霜风阵阵，山河一片萧条，落日的余晖残留在高楼上。四周红花凋零，翠叶枯槁，仿佛美好的景物都在不知不觉中衰残。只有那滔滔的长江之水，默默地流向东方。

柳永不忍登高，眺望遥远的故乡，渴求回家的心情难以平复。他感叹，为何自己会长年流落异乡？想起自己心爱的人，此刻她也正站在华丽的楼阁上凝望吧？或许还会将远处驶来的船只当成送心上人回家的船。她哪里会知道，他正倚栏眺望，愁思翻涌。

柳永的词大多清丽婉约，还被后人称为“婉约词宗”，不过这首《八声甘州·对潇潇暮雨洒江天》却气势开阔、意境疏朗，显出壮丽之美。柳永将内心的惆怅与失落倾注于萧索的寒秋中，令枯木、衰草、落叶都为之动容。“天际识归舟”化用南北朝诗人谢朓的原诗，柳永以诗入词，开阔了词境。

离开渭南，柳永前往成都，玩赏锦里蚕市，作词数首。之后，他又沿长江东游，一路吟诗作词，浪荡度日。只是流落他乡，总被相思所扰，愁字挂心头。

《鹧鸪天·吹破残烟入夜风》

吹破残烟入夜风。一轩明月上帘栊。因惊路远人还远，纵得心同寝未同。

情脉脉，意忡忡。碧云归去认无踪。只应曾向前生里，爱把鸳鸯两处笼。

夜风吹散薄烟，窗棂外升起一轮寒月。相思之人最怕路途遥远，就算能够永结同心，也害怕不能同守一地。痴情绵绵，思绪万千。天空的云去而不返。只有将今生的苦别归咎于前世，人们总爱将一对鸳鸯养在两处笼子里。

浪子之心，何日能收？柳永尽情放浪多年，最后却身心俱伤，让人嘘唏。

景祐元年（公元 1034 年），宋仁宗亲政，放宽科考尺度。柳永闻讯，从鄂州赶赴京城，暮年及第，总算完成了自己一生的夙愿。皇祐五年（公元 1053 年），柳永溘然长逝。

相传，柳永死时既无家室，也无财产，因此无人问津。谢玉英、陈师师等名妓凑钱将他安葬。谢玉英痛思柳郎，哀伤过度，两个月后也去世了，被埋葬于柳永的墓旁。

从此，留给后人的是柳永生前的诸多往事和缕缕词香。

张先

何况酒醒梦断，花谢月朦胧

张先的词里三“影”深入人心：一是“云破月来花弄影”；二是“娇柔懒起，帘压卷花影”；三是“柔柳摇摇，坠轻絮无影”。

每一种影子都是一幅画，也是一个动人的故事。

这三“影”为人称道，后人也因此称他为“张三影”。

而在这之前，人们都叫他“张三中”，因为他写了一首很出名的词《行香子·舞雪歌云》：

舞雪歌云。闲淡妆匀。蓝溪水、深染轻裙。酒香醺脸，粉色生春。更巧谈话，美情性，好精神。

江空无畔，凌波何处，月桥边、青柳朱门。断钟残角，又送黄昏。奈心中事，眼中泪，意中人。

女子的舞姿轻柔如落雪，歌声婉转如行云，一袭长裙浸染上蓝蓝的溪水。她有些微醺，脸颊上透着粉红，更显青春美丽。她的言谈举止十分得体，性情也十分温和，富有青春朝气。

江水的尽头连接着天空，就算能够凌波而行，又能渡往何处？月桥边上是青绿的垂柳，朱门旁边站着孤独的女子。她听着令人断肠的钟角声，送走一个又一个黄昏。命运总是让人感到无奈，她心中回忆往事，眼中泛起泪花，不知道自己心爱的人身在何方。

词中“心中事，眼中泪，意中人”一句，受到人们的极力推崇，所以有一段时间，张先被人们戏称为“张三中”。他的词工巧唯美，被世人传颂。

张先出身于诗书世家，父亲以吟咏诗词为乐，他从小耳濡目染，在心里播下诗意的种子。他的官运不算通达，只做到了郎中，不过善始善终，也无衣食之忧。他吟风弄月，风流度日，留下大量作品以及大把的“风流韵事”。

欧阳修小他十七岁，在听人传唱他的词后，心生崇拜之意，一直想找机会结识他。后来，张先主动拜访欧阳修。欧阳修在屋内听到门人传报，惊喜过望，倒穿着鞋子就匆忙跑去迎接，这也留下一段“倒履迎客”的文坛佳话。

心中事，眼中泪，意中人

自古才子多风流，张先也逃不过美女的裙裾。

相传，张先年少时爱上了一位小尼，常常“月上柳梢头，人约黄昏后”。可庵里的老尼十分严厉，发现两人的爱恋后，将小尼关在池中岛的阁楼上，两人只能隔水相望。

张先聪颖，一池春水怎能阻挡他的脚步呢？他让小尼在晚上放下梯子，自己划船过去，从梯子登上小尼的闺房，天亮前再悄悄离开。

后来，张先有了新欢便忘了旧爱，一段感情就此搁浅。

小尼仍然夜夜守候，望穿秋水却不见他的身影，最终郁郁成疾。

张先听闻小尼痴情，感触良多，于是写下一首《一丛花》：

伤高怀远几时穷。无物似情浓。离愁正引千丝乱，更东陌、飞絮濛濛。嘶骑渐遥，征尘不断，何处认郎踪。

双鸳池沼水溶溶。南北小桡通。梯横画阁黄昏后，又还是、斜月帘栊。沉恨细思，不如桃杏，犹解嫁东风。

女子在楼阁上眺望远方，眼神中流露出深深的思念之情，苦苦的等待何时能停止呢？世间最让人刻骨铭心的莫过于爱情了。离别的愁绪牵动着万千柳条，何况分别之处，垂柳飞絮已如细雨蒙蒙。她仿佛还能听到马儿的嘶鸣，渐行渐远，直到飞扬的灰尘淹没他的背影。

溶溶的池水中，一对鸳鸯正在戏水。这水南通北往，时有小船往来。画楼上的木梯早已撤去，黄昏时依然独自面对窗棂。抬头望着窗棂上的冷月，内心不由得生出了些许怨憎。她低头思忖，自己竟不如桃花、杏花，它们还能够嫁给东风，随风凋零呢！

张先的这首词以女子的口吻书写，抒发了情人离开后独处阁楼的相思与惆怅。其中“沉恨细思，不如桃杏，犹解嫁东风”，化用李贺《南园》诗中一句“可怜日暮嫣香落，嫁与春风不用媒”，细腻地刻画了女子的心态、美丽和忧伤。

她回忆起那段浪漫时光，望向窗外，还能看到池塘里戏水的鸳鸯，烟波浩渺间仿佛看到他撑船而来的身影。可是，这一切都只是梦。

一别多时，角落里的梯子早已落满灰尘。小尼黯然神伤，伸出手想要擦掉梯子上的灰尘，却有几滴眼泪落在她的指尖。还是算了吧！她低头看到自己一身素衣，站在皎洁的月光下，宛若天仙。她怅然地摇了摇头，不知道人生为谁。

窗棂之外，桃红李白，一束束花开得那样繁盛。风吹落的花瓣铺了厚厚一层，就像美人展开的裙摆。那舒展的新叶间，还掩藏着几颗青青的小果子。她越看越忧伤，好像自己还不如桃花、李花，至少它们还能嫁给东风，开花结果，自己却落得如此凄惨的下场。

在黄昏下的窗棂里，这样美丽而孤独的身影并不少。

小尼至少还有青灯古佛相伴，一袭素衣不惹尘埃，哪怕人生已变成一杯清茶。

张先才高八斗、文采奕奕，怎会为了一位小尼收起自己风流的性子呢？

爱情本来就难以言喻，爱对了人便甜如蜜饯，爱错了人自然苦过黄连。

几重山，几重水

诗人的眼睛总是特别的，更能发现美和欣赏美。张先也有一双这样的眼睛。他登山临水，将自然风光描写得栩栩如生；他饮酒作乐，将歌妓想象成天仙。

在一次酒宴上，张先看上了一位歌妓，直接作词一首：

《醉垂鞭·双蝶绣罗裙》

双蝶绣罗裙。东池宴。初相见。朱粉不深匀。闲花淡淡春。

细看诸处好。人人道。柳腰身。昨日乱山昏。来时衣上云。

初见她时是在酒宴上，她轻歌曼舞，飞扬的罗裙上绣着两只蝴蝶。她脸上妆容淡淡的，恰如盛开的花，娴静而幽雅地沐浴着暖春。细细端详，她真是至善至美，人人都夸赞她的腰身细如柳。昨日黄昏，山上的云彩如今变成她的衣裳。她如仙女下凡，周身缭绕如云的仙衣，轻灵飘逸。

张先首创“醉垂鞭”这个词牌，他将这位歌妓写得亭亭玉立，飘若仙子。只是不知道这位“闲花淡淡春”的女子，姓甚名谁。

张先一生艳遇无数。相传，一次，在去玉仙观的途中，他邂逅了名妓谢媚卿，两人“一见慕悦”，没说几句话就心生爱意，开始眉目传情。

张先与有名有姓的“神女”的艳遇还有很多，比如《师师令·香钿宝珥》中描述的：

> 香钿宝珥。拂菱花如水。学妆皆道称时宜，粉色有、天然春意。蜀彩衣长胜未起。纵乱云垂地。
>
> 都城池苑夸桃李。问东风何似。不须回扇障清歌，唇一点、小于珠子。正是残英和月坠。寄此情千里。

张先爱作词，更爱美人，一生浪迹青楼与酒馆之间。即便垂暮之年，他的魅力依然不减。年老的张先在杭州时，经常填词逗歌妓开心，可偏偏遗漏了一位名叫龙靓的女子。她对镜自照，觉得自己并不丑啊！为什么张先不为她作词呢？于是，她给张先写了一首诗：

> 天与群芳千样葩，独无颜色不堪夸。
> 牡丹芍药人题遍，自分身如鼓子花。

龙靓说因为自己是没有颜色的鼓子花，所以张先才遗漏了自己。

张先看完后，急忙哄道：“是因为你太美了，美得难以形容，所以我才一直没有为你作词。”随后提笔写下《望江南·与龙靓》送给她：

青楼宴，靓女荐瑶杯。一曲白云江月满，际天拖练夜潮来。人物误瑶台。

醺醺酒，拂拂上双腮，媚脸已非朱淡粉，香红全胜雪笼梅。标格外尘埃。

张先用“白云江月”“际天拖练”来形容龙靓的美貌，还强调说，美人喝得微醉了，脸上浮出了红晕，这可不是胭脂。

情场得意的张先还会关心朋友的爱情之事。

相传，晏殊还在做京兆尹的时候，张先在他手下做通判，两人都爱作词。晏殊欣赏张先的才华，经常请他到府上饮酒谈词。

每次置酒，晏殊的身边都有一位侍女陪伴，晏殊还让她唱张先的词曲。

时间久了，晏殊的妻子心生醋意，命人将侍女撵走。侍女走后，晏殊情绪低落，郁郁寡欢。张先一眼便看出了他的心事，还专门填词一首送给晏殊。

《碧牡丹·晏同叔出姬》

步帐摇红绮。晓月堕，沈烟砌。缓板香檀，唱彻伊家新制。怨入眉头，敛黛峰横翠。芭蕉寒，雨声碎。

镜华翳。闲照孤鸾戏。思量去时容易。钿盒瑶钗，至今冷落轻弃。望极蓝桥，但暮云千里。几重山，几重水。

词中，张先以侍女的口吻描写离别后的黯然神伤，如今被抛弃的不仅仅是“钿盒瑶钗”，还有落寞的侍女。晏殊照例让人演唱张先的词，唱到“但暮云千里。几重山，几重水”时，他突然神情凄凉，悲叹道：“人生行乐耳，何自苦如此！”

可见，张先的这首词道出了晏殊的心声！

心似双丝网，中有千千结

张先一生经历过很多浪漫情事，也留下许多传世名篇。他擅长作小令，偶作慢词，题材多为男欢女爱与相思离别，其词作含蓄工巧，情韵浓郁。

清代词学理论家陈廷焯评价张先："含蓄不似温、韦，发越亦不似豪苏腻柳。规模虽隘，气格却近古。"陈廷焯认为，张先是从小令向慢词过渡不可或缺的一个人，他"独开妙境，词坛中不可无此一家"。

《天仙子·水调数声持酒听》

水调数声持酒听。午醉醒来愁未醒。送春春去几时回。临晚镜。伤流景。往事后期空记省。

沙上并禽池上暝。云破月来花弄影。重重帘幕密遮灯，风不定。人初静。明日落红应满径。

这首词是张先的享誉之作，其中蕴含着他对生活与感情的独特见解。

那天，他执酒聆听《水调歌》，酒足饭饱，没一会儿就睡着了。午间醒来，胸间的怅惘还未消散。他盼春来，又叹春去，年华也稍纵即逝。迢迢往事突然在伤感的傍晚迎面扑来。

暮色渐浓，池边鸳鸯挤在一起，安然入眠。月光透过云层，花枝投下颤动的倩影。他回到屋里，拉上重重帘幕，风未停歇，人声已静，明日落花该铺满小径了吧？

除了《天仙子·水调数声持酒听》，张先还有一首脍炙人口的《千秋岁·数声鶗鴂》：

数声鶗鴂。又报芳菲歇。惜春更把残红折。雨轻风色暴，梅子青时节。永丰柳，无人尽日飞花雪。

莫把幺弦拨，怨极弦能说。天不老，情难绝。心似双丝网，中有千千结。夜过也，东窗未白凝残月。

山中传来杜鹃鸣啼，声声报告着烂漫的春光将要消逝。惜春之人更想将那残花折尽。雨虽轻柔，风却猛烈，正是青梅挂枝的暮春时节。永丰坊的垂柳将飞絮撒向无人的园中，就像冬季的雪花一样洁白。

这时，千万不要拨动琵琶的细弦。琴弦怨极，也无法将我内心的哀怨倾泻一空。天不会老，情也不会消亡。多情的心就如双丝网，中间有千千万万个理不开的结。午夜已经过去，东方还没有见白，尚能看见一弯残月。

千百年来，多少饱受爱情之苦的痴男怨女，不断吟唱这句“心似双丝网，中有千千结”。落入情网中，心生千万结。中国古典文学一直用“结”象征缠绵的情思。

在宋朝，男女结婚时，双方家长会各出一根彩带绾成同心结。新人行礼时各执同心结的一端，相牵而行，从跪拜天地到进入洞房，都不能撒手。同心结是忠贞爱情、至死不渝的象征。它像千万个情结相互连接，你中有我、我中有你，共同织成一张情网。

晏殊

人面不知何处，绿波依旧东流

有的词人一生蹉跎，在暴风骤雨中艰难前行；

有的词人背井离乡，夜夜狂饮羁旅愁怨的苦酒；

有的词人报国无门，满腹经纶也只能化作嘘唏……

晏殊七岁时，便能提笔创作，因此被称为“神童”。十四岁时，宋真宗召他与千位进士同廷应考。

面对考场内奋笔疾书的应试者，他没有半点怯意，洋洋洒洒，提笔成文。

宋真宗大喜，亲赐他同进士出身。两天后，他继续参加诗、赋、论的考试，拿到题一看，连忙上奏道：“这些题我之前都做过，请换一些题来测试我吧！”

宋真宗十分赞赏晏殊的才华与真诚，将他留在秘阁读书深造。

从此，晏殊的仕途坦荡，偶遇风波也能化解，还成了宰相。

这样的人生让无数人羡慕不已。年纪轻轻的他便能实现自己的抱负，并过上衣食无忧的生活。

晏殊的词清新雅致，他没有柳永、张先等人的那些风流艳史，也没有范仲淹的孤傲愁思。他一生安享富贵，他所悲戚的不是儿女情长，也不是羁旅乡愁，而是人生的“无可奈何”。淡淡的忧伤溶解在明净、开阔的景物中，毫无颓靡之感。

他也有儿女之情，不过只是隐约地传达，词中的意蕴也更加深长。

无可奈何花落去，似曾相识燕归来

晏殊的一生基本上都是顺风顺水，并没有太多波澜。虽然做大官的人有很多，可如他一样“无灾无难到公卿”的却很少。

悠闲的生活给了晏殊无尽的灵感，可是在他的作品中却不见奢靡之辞，反而淡薄幽远。

《鹊踏枝·槛菊愁烟兰泣露》

槛菊愁烟兰泣露。罗幕轻寒，燕子双飞去。明月不谙离恨苦。斜光到晓穿朱户。

昨夜西风凋碧树。独上高楼，望尽天涯路。欲寄彩笺兼尺素。山长水阔知何处。

清晨，木栅栏外的菊花笼罩着愁惨的烟雾，兰花沾着露珠仿佛泣下的泪珠。罗幕间飘着缕缕清寒，一双燕子飞向远方。明月不懂离别愁绪，仍旧斜照进朱户。

昨夜西风惨烈，绿树凋零。她独自登上高楼，望着眼前的道路绵延到天涯尽头，多想给心爱之人寄一封书信啊！可是高山连绵不绝，碧水浩瀚无垠，心爱之人又在何处呢？

这首《鹊踏枝·槛菊愁烟兰泣露》在婉约词中也享有极高的声誉。

王国维还在《人间词话》中用“昨夜西风凋碧树，独上高楼，望尽天涯路”比喻做学问的第一境界。

《蝶恋花·槛菊愁烟兰泣露》的主题是“闲愁别恨”，其他人表现这个主题，多以忧伤感怀为基调，读之令人心痛。而晏殊这首词，却格局开阔，意境悠远，苍凉中带着豪迈。无论是“独上西楼”的孤独、“望尽天涯路”的怅惘，还是“山长水阔”的豪迈，都显示出词人优雅淡泊的性格以及精妙严谨的构思。

这首词读起来意境开阔，没有纤柔颓靡的气息，语言也洗尽铅华，美不胜收。

同为描写富贵奢华的词作，他却一改五代花间词动辄堆金砌玉的风格，不着一金一银，而让人感受到富贵闲情。

《浣溪沙·一曲新词酒一杯》

一曲新词酒一杯。去年天气旧亭台。夕阳西下几时回。

无可奈何花落去，似曾相识燕归来。小园香径独徘徊。

新曲美酒，人生乐事。时光却无声溜走。依旧是去年的好天气，依旧是斑驳的亭台，夕阳落下何时再回来呢？看着花开花落，我觉得惋惜却无可奈何，归来的燕子也似曾相识。我感到孤独与迷惘，独自在花草芳香的小径上徘徊。

这首《浣溪沙》充满了“伤春惜时”的感慨，也有对宇宙规律的理解，夕阳西下、花开花落、新燕归来，这些都是自然界的规律。晏殊从人们司空见惯的生活现象中，窥探到“时间永恒，人生有限”的真理，也让这首词成为千古名篇。

酒醒人散得愁多

晏殊少年得志，仕途平坦。

他不像范仲淹、苏轼等人，在宦海浮沉中，尝尽人生百味。安稳的生活让晏殊的词风含蓄、风雅、清健。

《木兰花·池塘水绿风微暖》

池塘水绿风微暖。记得玉真初见面。重头歌韵响铮琮，入破舞腰红乱旋。

玉钩阑下香阶畔，醉后不知斜日晚。当时共我赏花人，点检如今无一半。

晏殊邂逅了一位歌妓，对她一见钟情，从此她的身影在他心里挥之不去。

我与玉真仙女第一次见面，是在春天的池塘边，迎面吹来微微的杨柳风。

她的歌声清脆婉转，韵律往复流转，如玉石流水一般悠远绵长。

她的舞姿婀娜轻盈，步履细碎飞转，飞舞的红裙令人眼花缭乱。

玉砌栏杆下，花丛台阶旁，喝酒的人全然不觉夕阳西沉、天色将晚。当初与我一起赏花吟诗的人，如今细细查点，已不足半数。光阴如此易逝，又有几个人能察觉呢?

晏殊虽贵为宰相，也无法将风花雪月挽留，花开花落、美人迟暮，都是无可奈何的事情。晏殊的人生信条之一，就是活在当下，享受生活。他曾说过：“余每吟咏富贵，不言金玉锦绣，而悦其气象。”

在他看来，真正的富贵并不是华丽辞藻堆砌的，而应该是从灵魂深处散发出的雅量。

从晏殊的词里，我们也能读出清雅淡泊的含蓄，看到珠圆玉润的光芒。

《浣溪沙·小阁重帘有燕过》

小阁重帘有燕过。晚花红片落庭莎。曲阑干影入凉波。

一霎好风生翠幕，几回疏雨滴圆荷。酒醒人散得愁多。

小楼的重重帘幕外，有燕子飞过。傍晚的庭院里，凋零的花瓣落了一地。池水生寒，独自凭栏而立，栏杆的倒影没入碧水中。一阵清风吹过，我才看到眼前的碧绿帘幕。稀疏的雨滴落在荷叶上。人生聚散总无常，酒醒了，心里又生出忧愁。

这首词的意境清冷凄凉，具有浓郁的“离散”气息，不过，最后一句却话锋忽转，写畅饮欢聚后的“富贵闲愁”。很多词人都喜欢用华丽的词藻来描绘自己的优越生活，抒发自己的空虚寂寞，可是总不得要领，写得空洞颓靡。

而晏殊却信手拈来，将生活的优越闲散跃然纸上。

春去秋来，往事知何处

晏殊的词里，有淡淡的哀愁，但没有高声的哀嚎；有些许的惆怅，但没有恣肆的宣泄；有款款的深情，但不见浓烟香软的俚俗；有倾慕与相思，但没有惊世骇俗的爱情。

他的词正如他的人，永远闪耀着内敛深邃的美和适度守礼的矜持。

《破阵子·春景》

燕子来时新社，梨花落后清明。池上碧苔三四点，叶底黄鹂一两声。日长飞絮轻。

巧笑东邻女伴，采桑径里逢迎。疑怪昨宵春梦好，元是今朝斗草赢。笑从双脸生。

燕子春归，正好赶上祭祀，梨花随风飞落之后，正是清明时节。绿苔点缀池水，黄鹂的歌声萦绕叶间，柳絮轻扬。邻家姑娘笑靥如花，我们在采桑的路上相逢。她想起昨夜做了一个好梦，定是预示着今天斗草的胜利，双颊忍不住露出笑容。

在民间，斗草又称斗百草，起源已无处可寻，最早记载于魏晋南北朝时期，唐朝后，斗草成了妇女和孩童最喜欢的民间游戏。每年端午，人们都会外出采集奇花异草，相互比赛，谁的花草品种多而新奇，谁就获胜。后来，节日或郊游中也会有斗草行为。

在晏殊笔下，春天的气息扑面而来，斗草游戏趣味无穷，邻家少女散发着青春的美好与活力，真是一幅动人心魄的春日画卷啊！

《诉衷情·芙蓉金菊斗馨香》

芙蓉金菊斗馨香。天气欲重阳。远村秋色如画，红树间疏黄。

流水淡，碧天长。路茫茫。凭高目断，鸿雁来时，无限思量。

重阳时节，芙蓉与金菊争奇斗艳，各自散发着馨香。秋色浸染远处的乡村，景致如画。霜叶染成的红树林中，透出稀疏的黄叶。

溪水明净清澈，天空万里无云，苍茫天地一望无垠，辽阔至极。晏殊登高远望，看着鸿雁飞来，无限思念涌上心头。

晏殊性情淡泊，面对人生的起起落落，也能安之若素。

他在写下《诉衷情》时，仕途上遇到了波折，如果是其他人，登高望远肯定会触景生情，大发牢骚。可在他的词里，秋色艳丽多彩，高天流云，红叶悠然，多少坎坷往事与人生不幸，在他眼中都变得含蓄、温润起来。

古代词人总喜欢"伤春悲秋"，在晏殊的词里却找不到这样的情怀。他能将秋天的萧索与颓靡，写得像童话一样五彩斑斓。聚散离愁，在他的笔下也成了暖暖的回忆。

一向年光有限身

前半生顺风顺水的晏殊，晚年时却遇到了些许坎坷。

庆历四年（公元1044年）秋天，晏殊因为撰修李宸妃墓志等事，被其他大臣弹劾，被贬出京，在颍州、陈州、许州等地出任工部尚书、礼部尚书和刑部尚书。

花甲之时，他还被派往永兴军（今陕西省西安市）任户部尚书、观文殿大学士。

直到至和元年（公元1054年）六月，晏殊才因病请求回京治疗。病好后，他请求再次出京任职，宋仁宗却将他留了下来，让他为自己讲经释义。

此后，晏殊每五天见一次皇帝，仍旧是宰相级别的待遇。

他曾在万众瞩目下，闪亮登场，从此平步青云。他不仅仅被幸运之神所眷顾，还拥有出众的智慧与才学。他能够从芝麻小官一路做到朝廷的一品大员，这里面虽然有机缘巧合，但更重要的还是他的良好心态使然。哪怕遇到些许坎坷，他也能坦然、从容地应对。

晏殊的词虽有感怀时间易逝，叹息人生苦短，但他知道在放眼未来的同时，把握当下的幸福，也深深理解思恋的滋味。

《玉楼春·春恨》

绿杨芳草长亭路。年少抛人容易去。楼头残梦五更钟，花底离情三月雨。

无情不似多情苦。一寸还成千万缕。天涯地角有穷时，只有相思无尽处。

离别之苦不都是这样吗？人生短暂，聚散无常。

晏殊的词风风雅隽永，他的词中还时常出现对世间“永远与无常”的思索。

《浣溪沙·一向年光有限身》

一向年光有限身。等闲离别易销魂。酒筵歌席莫辞频。

满目山河空念远，落花风雨更伤春。不如怜取眼前人。

光阴似箭，生命短促，如那东流的江水，一去不复返。离别是最让人悲伤的事情。频繁的聚会，良友对坐，推杯换盏，对酒当歌，唯有这样及时行乐才能排遣忧愁。

若我登高望远，辽阔的山河尽收眼底，这时想起友人也更添惆怅。若独自走在园中小径，见落花在风中飘摇，也不禁感慨春光易逝。不如把酒言欢，好好珍惜身边陪伴自己的人。

晏殊老了，更懂得珍惜时光，把握当下。他为皇帝讲经释义半年后，病情加重卧病在床。宋仁宗想去探望，晏殊得知后立即上奏道：“我久病缠身，很快就会痊愈，不值得陛下担心。”

然而不久后，晏殊就病逝了。

宋仁宗心痛不已，亲自前去哀悼，也为自己没能看望卧病在床的晏殊而内疚。此后，宋仁宗两天没有上朝，赐晏殊谥号“元献”，还在他的碑文首款写下“旧学之碑”四个字。

晏殊多年身居高位，选贤举能，范仲淹、孔道辅、王安石等均出自其门下，韩琦、富弼、欧阳修等受过其栽培、引荐，最终得到重用。

晏殊一生填词万余首，大多散佚，存世的百首编成了《珠玉词》。

他的词作闲雅有情思，给宋词增添了清新雅致的意蕴。

欧阳修

渐行渐远渐无书，水阔鱼沉何处问

欧阳修字永叔，号醉翁，晚年又号六一居士，是北宋著名的政治家和文学巨匠。

欧阳修的父亲去世得早，母亲带他投奔叔父。虽然日子过得清苦，但母亲很重视孩子的教育，时常拿着荻杆在沙地上教他写字，这就是“画荻教子”的故事。

叔父家中虽不富裕，但他是个正直高尚的人，对欧阳修视若己出。

欧阳修的童年还算幸福，家庭教育如春风化雨般滋润他幼小的心灵。他天资聪颖，借书抄诗，书还没有抄完，就能背诵了。他也不懒惰，经常挑灯夜读，手不释卷，习作诗文，文笔生动老练。

欧阳修的科举之路可谓一波三折——十七岁时初试未中，三年后再试未取；直到天圣七年（公元 1029 年），他才在国子监的解试中获得了第一名，成为监元和解元；又在第二年的礼部省试中获得第一名，成为省元，至此连中三元，离状元仅一步之遥。

天圣八年（公元 1030 年），欧阳修踌躇满志，本以为自己定能高中状元，没想到最后只获得二甲十四名，赐进士及第。这倒不是因为欧阳修才学疏浅，据当时的主考官晏殊说，欧阳修没有夺魁的主要原因是他个性太张扬，众考官想挫其锐气，促其成才。

尽管欧阳修没有拔得头筹，但也金榜题名，获得了不错的名次。宋代有“榜下择婿”的风俗，欧阳修刚中进士，就被恩师胥偃择为乘龙快婿。他的仕途生涯也由此风风火火地展开了。

今年花胜去年红

初入仕途，欧阳修不仅在官场上顺风顺水，在文坛上也声名鹊起。

当时，被称为“宋诗开山鼻祖”的梅尧臣十分欣赏欧阳修，还和他结下深厚友谊。两人经常结伴出游，一起畅饮美酒，谈古论今。

一次，两人重游洛阳城东，欧阳修见时移世易，牵动心弦，写下一首《浪淘沙·把酒祝东风》：

> 把酒祝东风。且共从容。垂杨紫陌洛城东。总是当时携手处，游遍芳丛。
>
> 聚散苦匆匆。此恨无穷。今年花胜去年红。可惜明年花更好，知与谁同？

端起美酒，问候春风，我希望能与你长久相伴。洛阳依旧繁华，街道旁杨柳依依。去年此时，我们同游此地，踏遍红花绿草。

人生聚散无常，每次离别都那样匆忙。时光不会为谁停留，只会让人增添烦恼。今年的花红过去年，明年的花将更加艳丽，可惜不知明年我能与谁同行赏春。

欧阳修看到旧地美景，想到时光匆忙和人生聚散无常。花开得再美，如果没有知己同赏，也会黯然失色。赏春之后，难免伤春，这样忧伤感怀，还不如好好把握相聚的时光。

俞陛云称赞这首词“深情如水，行气如虹”。

欧阳修的生活中永远不会缺少“酒”。年轻时，他在洛阳任职，官小位卑。他的上司钱惟演行事洒脱，公事之余，经常拉下属赏花饮酒。

花前月下，欧阳修和朋友们喝酒玩乐、吟诗作赋。

《浣溪沙·堤上游人逐画船》

堤上游人逐画船。拍堤春水四垂天。绿杨楼外出秋千。

白发戴花君莫笑。六幺催拍盏频传。人生何处似尊前。

堤上赏春的游人络绎不绝，追着湖里的画船奔跑。悠悠春水拍打着堤岸。小楼之外，湖畔绿杨掩映，传来少女荡秋千的欢笑声。别笑满头白发的老翁还头插鲜花，他在悠扬的《六幺》琵琶曲调中交杯换盏，醉看人生百态。

游人与画船往来穿梭，绿柳依依，春水拍打着河岸，人生最美之事莫过于畅饮杯中美酒。

他饮得酣畅淋漓，醉得忘怀得失。这一刻，诗情画意和醇香美酒相融合。

有一次，钱惟演设宴请客，别人早早就到了，只有欧阳修和一位相熟的官妓姗姗来迟。

钱惟演不悦道：“为何来得这么晚？”

官妓回答：“凉亭小睡片刻，醒来我发现金钗不见了，找了许久也没找到，耽搁了时间。”

钱惟演板着脸说：“那让欧阳修写首词吧，写得好就不治罪，还把金钗赔给你。”

欧阳修思考片刻，随即写了一首《临江仙·柳外轻雷池上雨》：

柳外轻雷池上雨，雨声滴碎荷声。小楼西角断虹明。阑干倚处，待得月华生。

燕子飞来窥画栋，玉钩垂下帘旌。凉波不动簟纹平。水精双枕，傍有堕钗横。

雨中凉亭，柳帘外轻雷阵阵，雨珠滴落在荷叶上，发出细碎的声响。雨停后，空气清新，凉亭西角出现一道彩虹，被凉亭的角檐遮挡了一半。她凭栏而立，等着月亮升起。

一只燕子飞入凉亭，落在画栋上，似乎想要窥视什么。她从玉钩上放下重帘。床上的凉席如水展开，却没有波纹涌动。床头放着水晶枕，她的金钗从发间滑落，横陈在枕边。

宾客们听完此词，齐声叫好。

钱惟演也不食言，补偿歌妓一支金钗，并让她敬了欧阳修一杯酒。

寸寸柔肠，盈盈粉泪

欧阳修的仕途不算平顺，他曾多次遭贬，历经宦海浮沉。不过，他对人生得失看得很开。“座上客常满，樽中酒不空”，经历再多磨难他都能化成醉卧红尘的潇洒。

《玉楼春·尊前拟把归期说》

尊前拟把归期说，未语春容先惨咽。人生自是有情痴，此恨不关风与月。

离歌且莫翻新阕，一曲能教肠寸结。直须看尽洛城花，始共春风容易别。

我们在饯别的酒席上，就想将归期说定。美人无言落泪，话还未说出口，她已凄哀低咽。人生自是有情，情到深处便痴绝。这凄切的别恨，无关清风与明月。

设宴饯别时，我们不要再旧曲填新词，清歌一曲，人已断肠。我多想与你看尽满城牡丹，携手共浴春光，这样才能淡然地与春风作别。

欧阳修文笔清雅，或许在人们的想象之中，他必然是一位相貌出众的美男子，青春韶华、玉树临风，不然怎能写出这么美的词呢？又或许他是白发醉翁，银髯飘飘、笑意满怀，否则怎能是醉翁亭的主人呢？

然而，欧阳修个头矮小，少年白头，还长着两颗大兔牙。皇帝初次接见他时，正好被皇后看到了，皇后皱眉道："从没见过这么丑的人！"连风流宰相晏殊见了他也说："这人的长相与他清新典雅的文字大相径庭……"

欧阳修在洛阳待了三年，从二十四岁到二十七岁，这首《玉楼春·尊前拟把归期说》便是他在洛阳告别一位相好的歌妓时写的。离别之际，她唱起了黯然销魂的歌，可惜词再美、花再香，远行的人也不会再回头。人生来就是情痴，离愁别恨都是发自内心的情感，与风月无关。

王国维在《人间词话》中写道："'人生自是有情痴，此恨不关风与月''直须看尽洛城花，始共东风容易别'。于豪放之中，有沉着之致，所以尤高。"

一次普通的离别，欧阳修却写出了至纯至美的哲学境界。

《踏莎行·候馆梅残》

候馆梅残，溪桥柳细，草薰风暖摇征辔。离愁渐远渐无穷，迢迢不断如春水。

寸寸柔肠，盈盈粉泪。楼高莫近危阑倚。平芜尽处是春山，行人更在春山外。

客舍前的梅花日渐凋残，溪桥边上柳条抽芽。春风拂过芳草，行人跃马扬鞭。我们分别越久，离得越远，离愁别恨越是无穷无尽，正如那迢迢不断的春江之水。

美人的寸寸柔肠痛断，行行粉泪流淌。楼阁太高，你远望时不要倚靠栏杆。平坦的草地尽头是重重春山，远行的人消失在重重春山之外。

初春离别，梅花刚残，细柳依依，草熏风暖。美人与游子依依惜别。

《南歌子·凤髻金泥带》

凤髻金泥带，龙纹玉掌梳。走来窗下笑相扶。爱道画眉深浅、入时无。

弄笔偎人久，描花试手初。等闲妨了绣功夫。笑问双鸳鸯字、怎生书。

这首词描写的是一位新婚燕尔的夫妇，读来温馨，词句间弥漫着浓浓的幸福。

新妇早起梳妆，用金泥带束起凤髻，把刻有龙纹、手掌大小的玉梳插在发髻间。丈夫走到窗边，笑着用手扶住她。她笑着问："眉毛画得好看吗？深浅合适吗？样子时兴吗？"

她的纤手摆弄着笔管，身子依偎着郎君。过了好久，她才起身试着描画刺绣的花样，耽搁了绣花的时光，还笑着问他："'鸳鸯'两个字怎样写？"

女子画眉时，有郎君在旁；绣花时，在郎君怀里撒娇。两人恩爱的场景让人羡慕。让人怀疑这是不是欧阳修的亲身经历？如若不是，为何写得如此生动传神呢？

人生如茶，无沸水煮开则无味；爱情却相反，不经平淡流年，就不知最终的聚散。

欧阳修长得并不俊美，仕途也不顺，可从来不乏爱他的女子。其实无论男女，只要温柔，只要有能发现美的眼睛，都会招人喜欢。欧阳修笔墨温婉，句句怜香惜玉，深得女子芳心。

《诉衷情·眉意》

清晨帘幕卷轻霜。呵手试梅妆。都缘自有离恨，故画作远山长。

思往事，惜流芳。易成伤。拟歌先敛，欲笑还颦，最断人肠。

清晨卷起结着轻霜的帘幕，美人用热气呵着纤手，试着描画梅花妆。因为内心太多离别的幽恨，她故意将双眉画成远山的形状，淡而细长。

她一边画眉，一边回忆昔日时光，只能空叹年华易逝。画完眉，她本想唱首小曲，张嘴却凝咽了；本想笑，眉头却蹙了。她这副模样，让人心疼。

雾重烟轻，不见来时伴

欧阳修是一个多情之人，爱女人如同爱花。他曾说过，要让花开到永远。

无论到什么地方做官，欧阳修都要种植花树。贬官滁州时，他在官衙四周种满了花木，还为此写了一首诗《谢判官幽谷种花》：

浅深红白宜相间，先后仍须次第栽。

我欲四时携酒去，莫教一日不花开。

他想在幽谷中种花，花开各色，浅白深红，最好能够一年四季次第开放。这样他便能日日携酒赏花，不让一天没有花儿开放。他置身于花海，徜徉于田间，畅饮美酒。

时至今日，醉翁亭边还有一棵他亲手种下的老梅树。

他在颍州做太守时，刚上任就开始治理西湖，遍植荷花与柳树。多年后，人们才有机会看到“接天莲叶无穷碧”“游船笙歌往来”的西湖美景。

《蝶恋花·越女采莲秋水畔》

越女采莲秋水畔。窄袖轻罗，暗露双金钏。照影摘花花似面。芳心只共丝争乱。

鸂鶒滩头风浪晚。雾重烟轻，不见来时伴。隐隐歌声归棹远。离愁引著江南岸。

秋水明净，莲女身姿绰约，可与莲花媲美。她的纤手摘取了香藕，却被缕缕藕丝牵动了情愁。天晚露降，她才蓦然回神，只见晚烟袅袅，同伴们早已不知去向。这时，远处传来隐约的棹歌声，仿佛一路离愁，洒向江南岸边。

欧阳修在颍州汝阴待过一段时间，并且在那里结识了一位聪颖的歌妓。她爱词，更爱他写的词。她几乎能将他的所有词一字不差地背下来。

一次宴会上，欧阳修与她戏约：若他日在此地为官，定然将她收为小妾。

几年后，欧阳修果真从扬州调任汝阴，可聪颖的女子却不见了踪影。到任后的第二天，欧阳修与同僚在湖边饮酒植树，并在撷芳亭上题诗道：“柳絮已将春色去，海棠应恨我来迟。”

欧阳修一生爱酒、爱花、爱美人、爱聚会游乐、爱开玩笑。这种玩世不恭、难得糊涂的人生理念，也给他带来了不少麻烦。

他有一个妹妹，出嫁不久便守寡了。他不忍妹妹受苦，将妹妹和外甥女接到自己家中。外甥女长大后，嫁给了欧阳修的远房侄子。

后来，外甥女与家仆私通，侄子一怒之下将外甥女告上官府。没想到，她竟然说自己和欧阳修也有不伦的关系。有政敌趁机找出欧阳修早年写的一首小词为证：

《望江南·江南柳》

江南柳，叶小未成阴。人为丝轻那忍折，莺嫌枝嫩不胜吟。留著待春深。

十四五，闲抱琵琶寻。阶上簸钱阶下走，恁时相见早留心。何况到如今。

江南的柳树枝细叶小，还没有长成一片绿荫。在人们眼中，它们仿若轻丝，都不忍去折断。黄鹂鸟也嫌柳枝太嫩，不能停在上面歌唱，只能等到春深后再来看看。

十四五岁的少女，悠闲地抱着琵琶抬头张望。她在堂上玩着簸钱（古代一种以掷钱赌输赢的游戏），我刚好从堂下路过。以前见她便暗暗动心，更何况现在呢？

当政敌搬出这首《望江南·江南柳》时，欧阳修还在皇帝跟前自辩说：“我妹死了丈夫，没了依靠，带了孤女前来投奔于我。孤女张氏那时才七岁而已，哪能有乱伦之事呢？”

政敌听后狡黠地反问道：“年方七岁，不正是学簸钱的时候吗？”

欧阳修一时不知如何反驳，毕竟词中明明白白地写着“阶上簸钱阶下走，恁时相见早留心。何况到如今”。在他人看来，这不就是说，这个“舅父”初见孤女时已动心，更何况她长到了十四五岁如花的年纪？欧阳修只能暗暗自责，怪自己当初写下那首不明不白的词。因为此事牵连，他也由龙图阁直学士被贬至滁州。那一年，他三十九岁。

醉翁之意不在酒

在滁州，欧阳修写下了名篇《醉翁亭记》：

宴酣之乐，非丝非竹，射者中，弈者胜，觥筹交错，起坐而喧哗者，众宾欢也。苍颜白发，颓然乎其间者，太守醉也。

欧阳修与好友玩着投壶和下棋的游戏，围在一起喝酒，高谈阔论。欧阳修爱饮酒，酒量却不好，没喝几杯就醉了。他长相显老，少年白头，便自号醉翁。

醉翁之意不在酒，在乎山水之间也。山水之乐，得之心而寓之酒也。

虽因诬陷被贬，但他仍然忙于喝酒、游山玩水。因为他内心有一杆秤，知道什么是人间正道。也许他是醉得最厉害的人，却也是最清醒的人。在他治理期间，百姓安居乐业，花草遍地，绿树成荫，一派美好祥和的景象。

他离不开酒，离不开花草，更离不开吟诗作词。

《蝶恋花·庭院深深深几许》

庭院深深深几许。杨柳堆烟，帘幕无重数。玉勒雕鞍游冶处。楼高不见章台路。

雨横风狂三月暮。门掩黄昏，无计留春住。泪眼问花花不语。乱红飞过秋千去。

庭院深深，不知有多深呢？杨柳如烟，帘幕重重，不知有多少层呢？

他的豪华马车停留在秦楼楚馆前，她登上高楼远望，却不见通向章台的道路。

暮春时节，三月风雨如狂，即便重门将黄昏的景色紧锁，也无法将春意留住。她双眼含泪，问落花可知自己的心事，落花却缄默无语，纷乱零落地飞向秋千之外。

《生查子·元夕》

去年元夜时，花市灯如昼。月上柳梢头，人约黄昏后。

今年元夜时，月与灯依旧。不见去年人，泪满春衫袖。

去年元宵佳节，花灯璀璨，亮如白昼。明月冉冉升上柳枝头，我们相约于黄昏之后。今年再逢佳节，明月依旧，花灯依旧，我却再也看不见你的影子，只能用袖子拭去眼角的泪水。

这种怅然若失就像一支忧伤的乐曲，在耳际盘旋，久久不会散去。有时候，“行乐直须年少”，珍惜眼前人，才不会留有遗憾。

欧阳修的一生，美酒佳人、诗词花草、仕途盛名，他都拥有了，还有什么遗憾呢？

王安石

若使当时身不遇，老了英雄

他是天降的神龙，摇头摆尾便会山河震荡；一声龙啸，便可洗净天地浊气。

在政坛上，他推陈出新，敢于挑战权威，敢于站在风口浪尖上，笑看迂腐的众人。

他的词风独特，摒弃了五代铅华，开启了豪放派的先声。

他便是宋朝伟大的思想家、政治家、文学家——王安石。

宋朝时期，国家经济发展十分迅速，但政府依旧入不敷出，财政赤字不断增加。这样的窘境从宋英宗时期已经开始显现。

在表面繁荣的背后，宋朝的积贫积弱已经显露无遗了。

正在此时，宋朝迎来了一位智勇双全的皇帝——宋神宗。他希望通过变法重振朝纲，让宋朝走向真正的繁荣昌盛。

宋神宗想找自己的“神龙”，一同展望未来，开创新的时代。

这时，仿佛感应到宋神宗的召唤，王安石出现了。

兴王只在笑谈中

王安石出生时，他的父亲王益时任江西临川军判官。王安石自幼聪颖，读书过目不忘。他随父亲遍游南北各地，亲眼目睹了底层人民的艰辛，对于宋朝“积贫积弱”的局面有一定的认识。因此，他从小便立志要“矫世变俗”。

二十二岁那年，王安石高中进士，开启了仕途之旅。少年得志，他却没有得意忘形，也没有攀附权贵，而是暗自思考国家的未来，为国家的前途担忧。

嘉祐三年（公元1058年），王安石写下“万言书”，上呈给宋仁宗，提出自己的“革新”思想。他认为国家应该加强边防，摒除科举弊端，消除朝廷的颓废奢靡之气，以求“合于当世之变”。可是，仁宗并未采纳他的主张。

他猜想，定然是变法的时机还未成熟。此后，他谢绝朝廷一次次的任命，甘为地方小官。

宋英宗继位之后，曾多次召王安石入京为官，都被他婉言相拒。在他看来，官职不论大小，重要的是能实现自己的理想，造福一方百姓。如果在朝为官，却不能实现自己的抱负，还不如为百姓做一些实事。

后来，王安石终于等到了人生中的“伯乐”——宋神宗。宋神宗看到了国家体制的弊端，也看到了虎视眈眈的外敌。为了解决国家的内忧外患，他决定重用王安石。

王安石欣然入京，开始主持变法，位同宰相。

王安石感激宋神宗的知遇之恩，写下此词：

《浪淘沙令·伊吕两衰翁》

伊吕两衰翁。历遍穷通。一为钓叟一耕佣。若使当时身不遇，老了英雄。

汤武偶相逢。风虎云龙。兴王祗在笑谈中。直至如今千载后，谁与争功。

王安石早年立志，却无施展之地，一直韬光养晦，如今终于收到宋神宗的传召，就像伊尹、吕尚遇到成汤、周武王一样，终于可以实现自己的抱负了。

伊尹和吕尚两人曾是农夫和渔翁，他们经历过所有顺境与逆境。如果没有遇到汤王和武王这样的贤君，他们就只能老死山野了。汤武偶然遇贤臣，如云生龙、风随虎一般，在谈笑间建立了丰功伟业。时过千载，他们的功绩又有谁能与之争锋呢？

王安石得到重用，终于能够大展宏图，胸中的豪迈之气也随之冲天。这首《浪淘沙令·伊吕两衰翁》气势恢宏，给人极大的精神力量，也暗示了王安石革新变法的决心。

误我秦楼约

王安石变法内容广泛，涉及农业、商业、兵役、教育、财政税收等多方面。为消除国家体制弊端，抵御外敌入侵，王安石提出了一系列主张。

变法虽然有利于“国富民强”，但也会触及权贵的利益，因此变法受到了保守派的强烈抵制，甚至两宫太后也站到了变法的对立面。

熙宁七年（公元 1074 年），大旱袭来，百姓流离失所，群臣控诉免行役钱之害，神宗为此一筹莫展，欲废除不好的法令。王安石认为，大旱是天灾，即使尧舜时期也无法避免，派人治理即可。群臣却认为大旱是变法造成的恶果，甚至有人绘制《流民图》献给宋神宗，力谏罢相王安石。

宋神宗顶不住各方压力，最终将王安石罢免。

一年后，宋神宗再次传召王安石复相，但王安石被奸臣诬害，身陷“欺君”之嫌。眼见革新力量内部分化，他深知变法已难以推进。之后，他辞去宰相职务，闲居江宁。

离开政治舞台，回归平常生活，王安石内心有无限感慨，革新初始的踌躇满志，如今化成了纷飞的语言，在他的作品中显现。

《千秋岁引·秋景》

别馆寒砧，孤城画角。一派秋声入寥廓。东归燕从海上去，南来雁向沙头落。楚台风，庾楼月，宛如昨。

无奈被些名利缚。无奈被他情担阁。可惜风流总闲却。当初谩留华表语，而今误我秦楼约。梦阑时，酒醒后，思量着。

幽静的旅馆内，传入阵阵捣衣声应和着孤城的画角声，秋声在苍茫的天地间回荡。东归的燕子从大海上经过，南来的大雁在沙滩上休憩。这里的凉风，还残留着楚王、宋玉游赏兰台的气息；这里的月色，曾照映庾亮、殷浩登临南楼的身影。今天的清风明月，似乎还和当年一模一样。

在这浩渺的天地间，在这永恒的风月里，自己却被名利所牵绊，无法放下帝王的信任。最后时光匆匆而去，自己白白耽搁了邀约佳人的机会。从睡梦中醒来，从酒醉中醒来，自己才细细地思量这些事，不由得感慨万千。

“梦阑”“酒醒”不仅仅是普通的梦和平常的酒，而且是他历经沧桑后的顿悟。虽然王安石在词中写下“误我秦楼约”，可他这辈子只爱过一个女人——吴氏。

在王安石初入官场之时，和他被罢免之后，她始终陪伴在他身边。

她是王安石唯一的妻子，也是王安石的表妹，两人两小无猜。她能诗善词，从小沐浴书香，是一位才貌双全的女子。

王安石平步青云之时，吴夫人想给他纳一位小妾。

当他看到家中突然出现一位年轻貌美的女子时，心中很是诧异，问清来历之后，立刻让女子跟她的爱人重归于好，还把吴夫人买下那女子的钱尽数赏给了他们。

这就是“王安石辞妾”的故事，可见他品格高尚，对吴夫人的感情也忠贞不渝。

六朝旧事随流水

王安石进行变法时，曾满怀自信地说：“当世人不知我，后世人当谢我。”

然而，时过境迁，变法失败之后，他的心底最多的恐怕是壮志未酬的感慨。

王安石的词风变得更加豪迈，他将胸中的志气都寄托在笔墨间，字字铿锵有力。

《桂枝香·金陵怀古》

登临送目。正故国晚秋，天气初肃。千里澄江似练，翠峰如簇。归帆去棹残阳里，背西风、酒旗斜矗。彩舟云淡，星河鹭起，画图难足。

念往昔、繁华竞逐。叹门外楼头，悲恨相续。千古凭高，对此谩嗟荣辱。六朝旧事随流水，但寒烟衰草凝绿。至今商女，时时犹唱，《后庭》遗曲。

文人都喜欢借景抒情，登高怀古。

在这首《桂枝香·金陵怀古》中，王安石毫无拖沓之感，显出正合心意之情，意境全出。长河似练，翠峰如簇，看似信手拈来，却笔力遒劲、精神抖擞。画船隐没于烟波之间，白鹭飞行于沙洲之上。这清丽的景色，即便画技最精妙的画师也无法描绘。

他想起往日繁华，六朝古都的繁华都随着历史的风云舒卷而去。千古江山，万般情愫，如今只剩惨淡的寒烟、绿草衰黄。词末，他化用杜牧的诗句“商女不知亡国恨，隔江犹唱《后庭花》”，感慨亡国之音至今犹在。

词中既有沧海桑田之感怀，也有国家兴亡之忧叹，还有他对宦海浮沉和国运起落的担忧。悠然深情，诉诸笔下，遂成千古名篇。

周汝昌先生叹道：“王介甫只此一词，已足千古。”

《南乡子·自古帝王州》

自古帝王州。郁郁葱葱佳气浮。四百年来成一梦，堪愁。晋代衣冠成古丘。

绕水恣行游。上尽层楼更上楼。往事悠悠君莫问，回头。槛外长江空自流。

从年少随父到江宁（即金陵），到晚年选择江宁作为终老之地，王安石与江宁有着不解之缘。他写了很多咏史抒怀的作品，将六朝兴衰看作“人生一梦”。

《南乡子·自古帝王州》开头便说，这里是历代帝王的建都之地，草木葱茏，青山绿水，云蒸霞蔚。可惜，四百年的繁华恍如一梦，令人感叹。当年的帝王将相，如今已化成黄土。我绕着江岸尽情游玩，登上一层又上一层楼。悠悠往事，匆匆而逝，早已不值一提。逝去的岁月，就像奔流的江水，空自东流。

王安石的这首词豪气冲天，气势如虹，语调深沉，读后令人深思。辞官后的辛酸，退隐后的孤独，忧心国事的落寞，都在词中默默流淌。

哪怕他身在田园，内心仍旧有挥之不去的凄清与落寞。

西看窗日犹嫌短

退隐江宁之后，王安石在府城东的半山园里居住，在那里度过了人生的最后十年。距离半山园不远处，有一座文斋，他经常在那里读书作词，接待友人。

文斋外山林苍翠，溪水潺潺，为他提供了不少灵感。

《渔家傲·灯火已收正月半》

灯火已收正月半。山南山北花撩乱。闻说洊亭新水漫。骑款段。穿云入坞寻游伴。

却拂僧床褰素幔。千岩万壑春风暖。一弄松声悲急管。吹梦断。西看窗日犹嫌短。

元宵的灯火已残，钟山一带芳草萋萋，林木葱茏。自然美景让人流连忘返。春雨淅淅沥沥地下着，听说流水还漫过了洊亭，他骑着小毛驴，翻山越岭去观赏美景。

游玩之后，他回到山中寺院，在和煦的春风中安然睡去。也不知道睡了多久，他被悲切的松涛声吵醒。他望向西窗，只见落日西沉，夜幕将至。

这首《渔家傲·灯火已收正月半》是王安石归隐生活的剪影，全篇写景，以白描的手法勾勒，意境清幽。

王安石的词作大多写于晚年归隐期间，内容主要描绘江南的美丽景色，表现自己闲适的生活情趣。

《菩萨蛮·数间茅屋闲临水》

数间茅屋闲临水。单衫短帽垂杨里。今日是何朝。看予度石桥。

梢梢新月偃。午醉醒来晚。何物最关情。黄鹂三两声。

几间茅屋临水而搭，如此悠闲。他穿着便于日常活动的窄小衣衫，戴着短小的帽子，徜徉在依依垂杨树丛间。花总是去年开得更红，可是一夜春风吹开百花，花又显得如此红艳。

午间饮酒，他睡得香甜，醒来时，新月已经仰卧在树梢。他暗暗思索，世间何事最关乎人的情感呢？只听见树丛中传来几声黄鹂的鸣唱。

《浣溪沙·百亩中庭半是苔》

百亩中庭半是苔。门前白道水萦回。爱闲能有几人来。

小院回廊春寂寂，山桃溪杏两三栽。为谁零落为谁开。

偌大的庭院中，一半已爬满青苔。门前的道路已被尘沙覆盖，路旁的溪流仍在潺潺流动。谁会喜欢这样悠闲的处所？有空就来游玩的人又有几个呢？

春色满园之时，庭院内的回廊曲折蜿蜒，如此幽静。山上的桃花开了一片又一片，溪边的杏树一棵挨着一棵，它们为谁绽放？又为谁凋零呢？

在这首词中，王安石把自己比喻成“小院闲人”“山桃溪杏”，但他的豪迈之气却溢于词句之间。他还是宰相时，力排众议，努力实现自己的政治理想。

元丰二年（公元1079年），监察御史何正臣与李定两人弹劾苏轼，称其移知湖州到任后谢恩的上表中，有暗讽朝政之言，应问罪斩首。苏轼因此在御史台狱受审。这便是历史上著名的“乌台诗案”。所谓“乌台”，指的便是御史台。因为署内种满了柏树，柏树上又栖息着无数乌鸦，因此才有了“乌台”之称。

这时的王安石早已辞官，在皇帝面前毫无话语权之时，还挺身而出，为反对过自己的苏轼辩护：“岂有盛世杀才士乎？”

王安石侠肝义胆，豪气冲天，落落风骨，让人敬佩。

元丰八年（公元1085年），宋神宗病逝，宋哲宗继位。随后，保守派得势，新法被全面废除。不久，王安石病逝于江宁府。

晏几道

当时明月在，曾照彩云归

爱情如梦似幻，如红尘阡陌上开出的淡雅花朵，潇潇风雨之后，散落一地相思。

如梦似幻的爱情，在晏几道的笔下，一往情深、至死方休，变成了最美好的情愫。

晏几道生来执着，柳永之后，慢词盛行，他却偏爱小令。有人说他创作的内容狭隘，题材单调，意象老套。他却也不在乎，仍然固执地沉浸在自己的小世界里。

他写儿女情长，写得如泣如诉，写得荡气回肠，把自己写成了“古之伤心人”。

他将小令的创作推向全新的高度，成为北宋后期少有的专写小令并取得杰出成就的人。

出生时，父亲就给他一个装满财富的行囊，他一路挥洒，行囊越来越轻，情却越来越满。

他从高高的云端跌入凡尘，饱尝世间炎凉和人情冷暖，可是仍不改痴癫的性子。

他是痴情贵公子，是在风雨中孤独伫立的人。

多情美少年

晏几道，字叔原，号小山，是宰相晏殊的第七子。

晏殊仕途平坦，在文坛上也颇有建树。晏殊老来得子，对其百般宠爱。晏几道也很聪颖，小小年纪就开始舞文弄墨。

晏几道从小就在绮罗脂粉中长大，过着锦衣玉食、珠围翠绕的生活。“金鞍美少年，去跃青骢马。牵系玉楼人，绣被春寒夜”，他过着逍遥贵公子的生活，同时受家庭的熏陶，七岁便能写诗作词，十四岁参加科举便高中进士。

在这个阶段，他的作品大多描绘奢华富丽的生活。

《生查子·春从何处归》

春从何处归，试向溪边问。岸柳弄娇黄，陇麦回青润。

多情美少年，屈指芳菲近。谁寄岭头梅，来报江南信。

春天将从何处归来？他带着疑问走在溪水边。溪边的柳叶嫩黄，陇上的麦苗如此青绿。翩翩多情的美少年屈指数着日子，春日芳菲将近。不知是谁寄来了大庾岭上盛开的梅花，带来了春天从江南款步而来的消息。

晏几道在父亲的庇护下长大，从未体会过世事艰难，更不知道人情冷暖。

直到父亲溘然长逝，依靠的大山轰然倒塌，他春风得意的日子就此烟消云散。因生性孤傲，他的人生之路从此变得坎坷。

《生查子·官身几日闲》

官身几日闲，世事何时足。君貌不长红，我鬓无重绿。

榴花满盏香，金缕多情曲。且尽眼中欢，莫叹时光促。

为官之人难得几日清闲。世事变幻莫测，永远不会止息。年轻的时光稍纵即逝，你的容貌不会永远年轻，我的双鬓斑白也不能再重新变黑。榴花酒满杯飘香，金缕歌曲曲传情。不如尽享当下的欢愉，别叹时光匆匆。

这首词的基调哀而不伤，委婉含蓄，以歌姬的口吻劝说客人且尽眼前欢。

晏几道从娇生惯养、任性清高的翩翩公子，变成了家道中落、穷困潦倒的没落贵族。他终于饱尝世态炎凉与人情冷暖，如浮萍般顺水漂流，自由而孤独。

花易落，月难圆

父亲在世时，宰相府门前车水马龙，家中往来者非富即贵，前来拜见的官员络绎不绝。父亲亡故后，门前冷落。人情世态的巨变，让晏几道感受到了现实的霜刀雪剑。

这位情深又率真的贵公子，不断经受现实的打击，性格却愈发狷狂。

他受尽冷遇和白眼，尝尽世态炎凉。

直到元丰年间，宋神宗在宫中设宴，特邀晏几道，他才有机会一展才华，席间写了一首《鹧鸪天·碧藕花开水殿凉》：

碧藕花开水殿凉。万年枝外转红阳。升平歌管随天仗，祥瑞封章满御床。

金掌露，玉炉香。岁华方共圣恩长。皇州又奏圜扉静，十样宫眉捧寿觞。

宫廷乐队演唱了这首词，“大称上意”，他被授予颍昌府许田镇监的官职。

当时的颍昌知府韩维，曾是晏殊的门生。因为这层特殊的关系，晏几道上任之初，便向韩维献上自己的词作，没想到韩维却说“盖才有余，而德不足”，韩维不再念及昔日晏家门生的温情，而是一副道学面孔、长者做派。

好友黄庭坚深知晏几道的个性，说他是个“痴人”。

父亲当宰相时培养了很多人，他都不愿意攀附；他的文章写得精妙出众，却不愿作官样文章；本来家底丰厚，但他仗义疏财，最后落得家徒四壁。无论被怎样辜负，他都不会记恨，反而对别人深信不疑。

这样的“痴”，更像是“不识时务”。所以，黄庭坚说他：“固人英也，其痴亦自绝人！”意思是说，他的聪明才智算得上人中英杰，可他的“痴”也非常人能比。他就像《红楼梦》里的贾宝玉，在文学世界里游刃有余，在现实生活中备尝辛酸。

只有在文字里，他才能找到遮风避雨的住所，才能感受到真正的安逸与舒适。

落花人独立，微雨燕双飞

晏几道的词大多和爱情有关，尤其是经历家道中落，深知世态炎凉之后，他词作中表达的情感更为哀婉动人。

《临江仙·梦后楼台高锁》

梦后楼台高锁，酒醒帘幕低垂。去年春恨却来时。落花人独立，微雨燕双飞。

记得小蘋初见，两重心字罗衣。琵琶弦上说相思。当时明月在，曾照彩云归。

晏几道写过很多怀念歌女的词，这首《临江仙》便是其中的名篇。

上阕写词人从残梦中醒来，看见帘幕低垂。回忆开启，去年春天的别愁涌上心头。落花时节，他在落英缤纷中孤独伫立。庭院中燕子成双，在春雨中低飞。其中“落花人独立，微雨燕双飞”一句，是我们耳熟能详的千古名句。然而，有趣的是，这句并不是他的原创，最早出自唐末五代翁宏的诗作《春残》。晏几道原封不动地以诗入词却不伤格律，对推动词体发展很有意义。这句原本籍籍无名的诗，经过他的巧妙化用成为千古传诵的名句。

下阕回忆起了更为遥远的往事。他想起初遇小蘋时，她穿着绣有两重“心”字的罗衣，暗含心心相印之意。她轻柔的手指弹着美妙的琵琶，诉说着无尽的相思。当时的明月照亮了小蘋回家的路，而她的倩影也如空中的彩云，始终萦绕在他的心间。

晚清词家陈廷焯在《白雨斋词话》中称赞这首词：“既闲雅，又沉着，当时更无敌手。”

在晏几道的词里，经常会出现几位歌女的名字：小蘋、小鸿、小云、小莲。她们都是晏几道的朋友沈廉叔和陈君龙家的歌女。她们聪明伶俐，常在宴席时，被唤来唱歌助兴。

晏几道常去两位朋友那里喝酒，一来二去就和几位歌女熟络起来。

他写小云时说："双星旧约年年在，笑尽人情改。有期无定是无期，说与小云新恨、也低眉。"在《虞美人》中这样写小鸿："年年衣袖年年泪，总为今朝意。问谁同是忆花人，赚得小鸿眉黛、也低颦。"在写小莲时他说："小莲未解论心素，狂似钿筝弦底柱。"

当然，最让他眷恋的还是小蘋。在《木兰花·小颦若解愁春暮》中，他又提到了小蘋：

> 小颦若解愁春暮。一笑留春春也住。晚红初减谢池花，新翠已遮琼苑路。
>
> 湔裙曲水曾相遇。挽断罗巾容易去。啼珠弹尽又成行，毕竟心情无会处。

暮春时节，两人携手在谢池边的桃树下散步。桃花已经不像刚开时那样红艳，风一吹，便落下许多花瓣。新绿蓬勃，取代了如云的花锦，遮蔽了通往琼苑的路。

他们走在暮春时节的路上，却不为春光逝去而发愁，因为"小颦若解愁春暮，一笑留春春也住"，小颦就是他的春天，小颦的笑就是永远的桃花。他对小颦说："生命中能与你携手而行，我一生都将徜徉在这温柔的春光里。"

只是，好景不常在，好花不常开。后来，好友沈廉叔早早过世，陈君龙生病卧床不起，两家都遣散了歌女，晏几道与她们从此离散。

几年后，晏几道在一场酒宴上邂逅了其中一位歌女，他惊喜万分，又无限感伤，由此写下了流传千古的名篇《鹧鸪天·彩袖殷勤捧玉钟》：

> 彩袖殷勤捧玉钟。当年拚却醉颜红。舞低杨柳楼心月，歌尽桃花扇底风。

从别后，忆相逢，几回魂梦与君同。今宵剩把银釭照，犹恐相逢是梦中。

那时，她衣着华丽，殷勤地劝他饮酒。他笑饮数杯，醉得满脸通红。她们在宴会上尽情歌舞，一直跳到明月落下、黎明将至，一直跳到摇桃花扇的手感到酥软。

自从离别之后，他便时常回忆那次短暂的相遇，无数次在梦中与她重逢。而今真的重逢了，却犹似在梦中。他手握银灯，一次次看去，害怕这次重逢又是梦境。

他一生遇见无数红颜知己，却无法真正拥有。

云渺渺，水茫茫

晚年，晏几道的才情在京中很有名气。

权倾天下的奸相蔡京派人来请他写几首词。无奈之下，晏几道只好写了两首《鹧鸪天》，“九日悲秋不到心，凤城歌管有新音”“晓日迎长岁岁同，太平箫鼓间歌钟”。

两首词都歌颂太平盛世、歌舞升平，却没有提及蔡京。

晏几道年逾古稀，性格仍旧狷狂，痴心不改。

在文学创作上，他依旧执着。当时，宋词已经进入了慢词的黄金时代，他却固守小令的阵地。他的作品总是真情流露，总是弥漫着醉人的花香与酒香。

《鹧鸪天·醉拍春衫惜旧香》

醉拍春衫惜旧香。天将离恨恼疏狂。年年陌上生秋草，日日楼中到夕阳。

云渺渺，水茫茫。征人归路许多长。相思本是无凭语，莫向花笺费泪行。

我借着醉意拍着春衫，想起旧日欢乐生活遗留的芳泽。老天总是用离愁别绪来折磨我这个疏狂之人。秋草年年长满原野，夕阳总是日日在楼前落下。

我登楼远望，只见云水缥缈。征人的归路如此漫长。相思之苦本就不是言语能表达的，我还是不要在书信中白白浪费感情了。

这首《鹧鸪天·醉拍春衫惜旧香》以“醉”字开头，醉后方知酒浓，爱过才知情深。词中虽然充满了落寞感伤的情绪，但落寞中有洒脱，感伤又不失潇洒，可谓形神兼备、情深意浓。

《临江仙·淡水三年欢意》

淡水三年欢意，危弦几夜离情。晓霜红叶舞归程。客情今古道，秋梦短长亭。

渌酒尊前清泪，阳关叠里离声。少陵诗思旧才名。云鸿相约处，烟雾九重城。

晏几道“不谙世事”，“遂陆沉下位，无效国之机缘，只好流连歌酒而自遣，成为古之伤心人”。他的词作大多言情，这首《临江仙·淡水三年欢意》也是如此：昔日欢情难留，离别在即，愁绪满怀。他日重逢又遥遥无期，只见霜叶漫天，无言哽咽。这首词写的不仅仅是某次别离，更是他对自己多年历经离别的一次高度概括。

《蝶恋花·醉别西楼醒不记》

醉别西楼醒不记。春梦秋云，聚散真容易。斜月半窗还少睡。画屏闲展吴山翠。

衣上酒痕诗里字。点点行行，总是凄凉意。红烛自怜无好计。夜寒空替人垂泪。

醉别西楼，恍然如梦。人生聚散，如春梦醒，如秋云断。明月斜照窗前，我却无睡意，闲看画屏上徐徐展开的吴山碧翠。

衣角上的酒痕，酒席上吟诵的词句，一点点、一行行，总能唤起凄凉的情思。红烛没有什么好办法，只能在寒夜中为人流泪。

元祐四年（公元 1089 年），范仲淹之子范纯仁新任颍昌知府，他爱惜晏几道的才华。

在范纯仁的鼓励和支持下，晏几道将自己的词作集结成册，便有了《小山词》，好友黄庭坚还为其作序。不久之后，晏几道安然离世了。

晏几道一生的寂寞与痴情烟消云散，《小山词》却历久弥新，流传千古。

苏轼

人生如逆旅，我亦是行人

他的诗词中，明月高悬，青竹悠悠，淡远清奇的笛声美如天籁。

他的笔墨下，吹过塞北的狂风，飘逸江南的荷香，山山水水都是他的深情。

历史的河流如此湍急，多少人如云烟、如流沙，转瞬即逝。苏轼留给世人的，是他在坎坷中的洒脱和永垂不朽的诗篇。

苏轼的父亲苏洵是一位大文学家，他给苏轼取的名字也颇有深意——“轼”本是指车前的扶手，取其默默无闻却扶危救困、不可或缺之意。苏轼也不辜负父亲的期望，他从小刻苦学习，立志将自己的一腔热血奉献给国家。

宋仁宗嘉祐二年（公元 1057 年），父亲苏洵带着苏轼、苏辙两兄弟进京应试。主考官是当时的文坛领袖欧阳修，策论的题目是《刑赏忠厚之至论》。欧阳修见苏轼的文章潇洒豪迈，又不失正义之风，误以为是自己的学生曾巩所作，为了避嫌，便将苏轼评为第二。

弟弟苏辙也榜上有名，又因欧阳修对苏轼大加赞赏，苏氏父子名动京师。

当时，北宋表面上是繁华盛世，内里却暗流涌动，内忧外患不断。

考中进士那年，苏轼才二十一岁，却心系天下，整日为国家的未来担忧。苏轼写了许多策论，重心都放在国家政治、军事、改革等宏大问题上，希望能够实现自己的政治理想，报效国家。

他满腹经纶、志气冲天，又深受欧阳修的赞赏，如果直接入仕，前途肯定是一片光明。

可是，他刚中进士，母亲便去世了。

古人讲究父母之丧要守孝三年，他不得不回到四川省眉山市老家，为母守孝。

诗酒趁年华

三年后，他回到汴京，开启自己的仕途生涯。

宋英宗本想调苏轼入翰林院做自己的秘书，宰相韩琦却认为他太年轻，应该从基层做起，慢慢积累经验和威信。然而，还没能在官场上展露出自己的才华，他的父亲苏洵也去世了。

苏轼回家守孝三年后，天下大变，宋英宗驾崩，宋神宗继位，王安石变法已经开始。

回京途中，他和弟弟苏辙亲眼看到"新法"推行过程中的弊端，内心无比忧虑。回京后，苏辙因议论新法而被贬官。随后，苏轼上疏宋神宗，议论变法之事，因此得罪了"新党"，而被贬往杭州做通判。几年后，他又被贬至密州。在密州的几年，他的豪放词风逐渐形成。

《江城子·密州出猎》

老夫聊发少年狂。左牵黄。右擎苍。锦帽貂裘，千骑卷平冈。为报倾城随太守，亲射虎，看孙郎。

酒酣胸胆尚开张。鬓微霜。又何妨。持节云中，何日遣冯唐。会挽雕弓如满月，西北望，射天狼。

他自称老夫，姑且抒发一下少年人的狂妄，左手牵着黄犬，右臂擎着苍鹰，头戴锦帽，身穿貂裘，带领上千人马飞驰过平坦的山冈。他不想辜负满城人追随他出猎的盛情，要像孙权一样射杀猛虎。

他痛饮美酒，豪气冲天，即便双鬓微白又何妨？只是不知皇帝何时会像汉文帝派遣冯唐去云中赦免魏尚的罪一样信任他？若有那么一天，他将全力拉满雕弓如同满月一般，朝着西北方眺望，射向来犯的军队。

这首词描绘了出猎的壮观景象，借助历史典故，抒发了词人的满腔爱国之情。

此前的词人，像柳永、晏殊、欧阳修等，多将宋词用于“玩赏”，大部分作品都是写给歌妓的，偶尔流露出对人生际遇的感慨，但几乎都没有跳出“春女思，秋士悲”的樊篱。

苏轼却将自己的理想、对政治的看法、对现实的追问，都写进词里。他的豪情壮志没能使他抵达西夏，却如一支利箭划开了宋词华丽的外衣，从此宋词不再只是狭隘的“言情”，还能“言志”。他大大地开阔了词境，同时也开了豪放派的先河。

在密州的第二年，苏轼开始修葺城北旧台，竣工后给弟弟苏辙写信，请他为此台命名，苏辙将其命名为“超然台”。

暮春之时，苏轼站在超然台上，满城春色尽收眼底，一时间触动了他的情思。

《望江南·暮春》

春未老，风细柳斜斜。试上超然台上看，半壕春水一城花。烟雨暗千家。

寒食后，酒醒却咨嗟。休对故人思故国，且将新火试新茶。诗酒趁年华。

暮春微风吹拂，柳丝轻柔起舞。他登上超然台，远望护城河波光粼粼，满城繁花竞相开放。远处细雨迷蒙，春雨笼罩着千家万户。

寒食节后，酒醒了也只剩下空叹，自己还是不要在老朋友面前思念故乡了吧！

他收起乡愁，潇洒一笑。寒食禁火后，不如点上新火煮些新茶，无论作诗、饮酒，都应该趁年华正好，倍加珍惜才对啊！

解不开的乡愁被一壶新茶泡开，化作春雨中淡淡的惆怅。

小舟从此逝，江海寄余生

苏轼想念的不仅仅是家乡，还有血浓于水的亲人。

他被贬至密州两年，而与弟弟苏辙已有七年未见。他曾要求在离苏辙较近的地方为官，这样便能经常见面。

然而，这个小小的愿望却没能实现。

兄弟情深，到了月圆的日子，思念之情更是浓稠。

皎月当空，银辉遍地，他趁着酒兴，挥笔写下《水调歌头·明月几时有》：

丙辰中秋，欢饮达旦，大醉。作此篇，兼怀子由。

明月几时有？把酒问青天。不知天上宫阙，今夕是何年。我欲乘风归去，又恐琼楼玉宇，高处不胜寒。起舞弄清影，何似在人间。

转朱阁，低绮户，照无眠。不应有恨，何事长向别时圆。人有悲欢离合，月有阴晴圆缺，此事古难全。但愿人长久，千里共婵娟。

这首《水调歌头·明月几时有》几乎是苏轼知名度最高的词了。《苕溪渔隐丛话》中写道：“中秋词，自东坡《水调歌头》一出，余词尽废。”这样的夸赞一点也不过分，千百年过去了，它仍旧是中秋月下吟咏的人间绝唱。

丙辰年的中秋，苏轼通宵饮酒，趁着酒兴写下这首词，同时抒写对弟弟的思念之情。

一壶浊酒，醉了月光。他笑问苍天，不知天上的宫殿今夜是何年。他想乘清风而去，又害怕玉砌的月宫，在九天之上分外寒冷。月下翩翩起舞，饮酒作乐，天上哪里比得上人间？

月亮转过朱楼，月光低低地洒进雕花的门户，照着那难以成眠的自己。明月不会对人们有什么怨恨吧？为何偏偏在人们离别时才圆呢？人生总要经历悲欢离合，月儿也总有阴晴圆缺，这种事自古就难以周全。只愿两人健康平安，哪怕相隔千里，也能共享这美好的月光。

元丰二年（公元1079年），苏轼由密州调往徐州，又由徐州调往湖州，接着又去了颍州、扬州、定州等地。他也渐渐接受了充满变数的生活，活得愈发洒脱。他是一个关心百姓疾苦的好官，每到一个地方都颇有建树。正如他后来赞叹歌姬寓娘的词中写的一样：“试问岭南应不好，却道，此心安处是吾乡。”

在经历了惊心动魄的“乌台诗案”之后，他总算没有丢掉性命，但被贬往黄州。

跌宕起伏的经历，给了他无限的灵感。在黄州的五年，他创作了大量的词。

《临江仙·夜饮东坡醒复醉》

夜饮东坡醒复醉，归来仿佛三更。家童鼻息已雷鸣。敲门都不应，倚杖听江声。

长恨此身非我有，何时忘却营营？夜阑风静縠纹平。小舟从此逝，江海寄余生。

那夜，他酒醉三更，回家时家童已鼾声似雷，敲了半天门也没有反应。于是，他拄着拐杖去江边，静听江水奔腾。此时，天地如此寂静，山水如此辽阔，他想到了自身的遭遇。人在官场上总是身不由己，一生为功名利禄绞尽脑汁，何时才能放弃世俗的欲望呢？

夜深人静，晚风已停，水波不兴。他多想泛一叶小舟，在江海中潇洒地度过余生。

苏轼一生坎坷，二十几岁便开始关注国家大事，希望能报效国家、一展宏图。两次守丧让他错失了大好时机，加之后来被人排挤，始终游离于政治核心的外围，一生被贬数次，年近花甲还被流放到有“天涯海角”之称的琼州。

但是，无论他被贬至何地、有怎样的际遇，总有爱他的女人为他分忧解难，对他不离不弃。

十年生死两茫茫

苏轼的第一任妻子名叫王弗，两人结婚时正值青春年少——苏轼十九岁，王弗十六岁。

王弗是苏轼老师之女，生得俊俏，聪慧玲珑。她与苏轼之间还有过一段“唤鱼姻缘”，被后人传为佳话。

苏轼读书时，只要一有时间，就会去书院附近的一处水潭边游玩。有一次，苏轼望着清幽的潭水感叹“好水岂能无鱼”，然后击掌三下。潭水中突然涌起层层水花，水花中跃出无数条鱼儿。

苏轼开心地把这件事告诉了老师王方，并说：“如此美景，自该有其美名。”

王方思忖片刻，随后便邀请当地文人墨客为那个水潭取名字。当地文人绞尽脑汁，想出很多名字，却无一让人满意。

最后，苏轼才缓缓道出“唤鱼池”三个字。众文人听后，连忙称赞，拍手叫绝。

苏轼正得意之时，王弗也派丫鬟送来题名，红纸上同样写着“唤鱼池”三个大字。

众人都感到惊讶，没想到两人心意相通、不谋而合，给水潭取了同一个名字。

后来，在王方和众文人的撮合下，苏轼和王弗结为夫妻，才子配佳人。

王弗不仅人长得美，腹中也有诗书才学。苏轼吟诗作文，偶有忘词之时，她还能在一旁指点一二。这让苏轼颇感惊讶。

有时家中来了客人，王弗便躲在屏风后听着。等客人走后，她便给苏轼分析客人的性情，而且每次都分析得很准，让苏轼少吃了很多亏。这就是被后人传为另一段佳话的“屏后听言”的故事。

自古红颜多薄命，像王弗这样才貌双全、温婉灵秀的女子，却在二十七岁时因病去世了。

多年以后，苏轼都无法忘怀，于是将思念凝于笔端，写下了那首流传千古的悼念之词。

《江城子·乙卯正月二十日夜记梦》

十年生死两茫茫。不思量。自难忘。千里孤坟，无处话凄凉。纵使相逢应不识，尘满面。鬓如霜。

夜来幽梦忽还乡。小轩窗。正梳妆。相顾无言，惟有泪千行。料得年年肠断处，明月夜。短松冈。

这首《江城子·乙卯正月二十日夜记梦》写于王弗去世十年后，因此有“十年生死两茫茫”的感慨。

后人评价这首词说：“含悲带泪，字字真情，将满腔思念倾注于笔端，创造出缠绵悱恻、浓挚悲凉的感人意境。”

她在最美好的年华里逝去，她的容颜也永远定格在他的记忆中。

王弗去世三年之后，苏轼迎娶了人生中的第二位妻子——王闰之。

她是王弗的堂妹，比苏轼小十一岁，年轻貌美，又是进士之女。按理说，她想嫁给一位年轻才子并不是什么难事，可她偏偏爱上了苏轼。

王闰之的思想比较传统，“乌台诗案”发生时，苏轼被捕入狱，她惶恐不安，生怕奸人从苏轼的文章中找出罪状，于是将苏轼的诗篇都焚毁了。

当然，她也并不是没有艺术细胞。苏轼在汝阴时，她见堂前梅花盛开，便让苏轼约好友在梅花下饮酒，还解释说：“春月胜如秋月，秋月令人凄惨，春月令人和悦。”

苏轼笑道：“此语实诗家语！”

王闰之不会写诗，却在无意间给了苏轼灵感，苏轼还写了一首词送给她：

《减字木兰花·春月》

春庭月午。摇荡香醪光欲舞。步转回廊。半落梅花婉娩香。

轻云薄雾。总是少年行乐处。不似秋光。只与离人照断肠。

王闰之陪苏轼经历了人生的起落，他们共同生活了二十五年，从“乌台诗案”到“黄州贬谪”，她始终伴随在他身边。在苏轼最拮据的时候，她和他一起去采摘野菜，赤脚耕田，想尽办法给他解闷。

但她终究还是离开了，不是生离，而是死别。她的葬礼办得十分隆重，苏轼在祭文《祭亡妻同安郡君文》中承诺“惟有同穴，尚蹈此言”。

天涯何处无芳草

苏轼人生中的最后一位“妻子”，名叫王朝云。

她天生丽质，能歌善舞，自幼沦落歌舞班中，在西湖一带小有名气。虽混迹于烟花柳巷之中，却如西湖之荷，气质清雅。

苏轼被贬杭州时，曾与朋友游览西湖，宴饮时正好请来王朝云所在的歌舞班来助兴。

丝竹声声，水袖曼舞，她的身影恍若轻灵的仙子。西湖天色突变，山水迷蒙。湖山佳人相映生辉，面对此情此景，他提笔写下传颂千古的西湖佳句：

《饮湖上初晴后雨·其二》

水光潋滟晴方好，山色空蒙雨亦奇。

欲把西湖比西子，淡妆浓抹总相宜。

那时，王朝云才十二岁，由于受到苏轼夫妇的善待，她决意追随他，做他的侍女。

她和苏轼的关系很特别，虽然一起生活了二十多年，但是一直没有名分，直至到了黄州，她才由侍女变成侍妾。

尽管如此，王朝云也只是常伴他左右就知足了。

她没有王弗的才情，没有王闰之的体贴，但她情感细腻、贴近苏轼的内心。他所写的诗词，哪怕只是轻描淡写地提及往事，都会让她无限感伤。

《蝶恋花·春景》

花褪残红青杏小。燕子飞时，绿水人家绕。枝上柳绵吹又少。天涯何处无芳草！

墙里秋千墙外道。墙外行人，墙里佳人笑。笑渐不闻声渐悄。多情却被无情恼。

苏轼被贬惠州时，她经常唱这首词给他解闷，每次唱到“枝上柳绵吹又少”时，她就会忍不住哭起来。

苏轼问她：“为何哭了？”

她说：“我总是无法唱完这句‘天涯何处无芳草’……”

苏轼听完笑道：“我正悲秋，而你又开始伤春了！”

这个清丽典雅的女子，只活了三十四岁。

他再次痛失爱人，内心已然千疮百孔。王朝云死后，苏轼便未再娶。

宋徽宗建中靖国元年（公元1101年），苏轼在北归途中于真州病重，最后在常州逝世。

弟弟苏辙将其与王闰之合葬，最终兑现了他对王闰之的承诺。

林语堂曾说：“苏东坡已死，他的名字只是一个记忆，但是他留给我们的，是他那心灵的喜悦，是他那思想的快乐，这才是万古不朽的。”

“人生如逆旅，我亦是行人。”他迎难而上，在颠沛流离的路上写下自己的豪情壮志。

李之仪

只愿君心似我心，定不负相思意

有没有人细数过，长江之水阻隔了多少痴男怨女，又葬送了多少爱情？

仿佛离人的眼泪汇成了长江之水，思念在层层烟波间荡漾，化成月光下隐约跳动的音符。痴恋的花朵开满江岸，却只能在清瘦的流年里独自飘零。

世间的爱情大抵如此吧！或两情相悦，执手白头；或一厢情愿，相思无尽。

然而，有一种爱情却简单直白，不需要任何渲染，便可直击人心。

> 我住长江头，君住长江尾。日日思君不见君，共饮长江水。
>
> 此水几时休，此恨何时已。只愿君心似我心，定不负相思意。

北宋词人李之仪的这首《卜算子·我住长江头》，算得上家喻户晓了。它用平白的语言，细细诉说着隽永的感情。

两人的爱情就像奔流不息的长江之水，无论相隔多远，江水都能传达彼此的思念。他对她的思念日夜不休，正如长江之水绵绵不绝；她希望彼此同心，不辜负自己的一片深情。

悠悠长江水，脉脉两相悦。李之仪用最朴实的语言，描绘了最动人的爱情。

此词音韵爽利，宛如流水，没有一点矫揉造作的姿态，就像民谣般清新自然。同时，也让人猜想：词中的女子究竟是谁？

酒韵渐浓欢渐密

李之仪的原配名叫胡文柔，她出身书香世家，从小学习诗词歌赋，文采斐然。《姑溪居士胡氏文柔墓志铭》中有记载："胡氏其性高严，喜风节，通五经，谙《史记》，研佛书，作诗词，皆颇有师法，尤精于算术。"

当时，连大名鼎鼎的沈括遇到疑惑时，也要请李之仪代他请教胡文柔。

沈括十分欣赏胡文柔的才华，还赞赏道："得为男子，我益友也！"

李之仪和胡文柔结婚后，他们的小日子过得十分幸福。生活情趣上的契合，让两人成为真正的灵魂伴侣。无论李之仪平步青云，还是贬谪江湖，胡文柔都常伴左右，不离不弃。

《浣溪沙·昨日霜风入绛帷》

昨日霜风入绛帷。曲房深院绣帘垂。屏风几曲画生枝。

酒韵渐浓欢渐密，罗衣初试漏初迟。已凉天气未寒时。

霜风吹入帷幕，深闺里却温暖如春。两人把酒言欢，初试罗衣，好一幅新婚燕尔图。

他们结婚不久，胡文柔便为李之仪生下二子一女，一家人其乐融融。

胡文柔一直很敬重苏轼，她对李之仪说：“子瞻名重一时，读其书，使人有舍身成仁之志。君其善同之邂逅。”意思是让李之仪多与苏轼这样的人成为朋友。

有一次，苏轼来李之仪家做客，两人正在饮酒谈笑，有人送来公文，苏轼立即停止谈笑，认真地处理公文，其过程有条不紊、干净利落。胡文柔正好在屏风后瞧见这一幕，宴席散去后便对李之仪说：“我尝谓苏子瞻未能脱书生谈士空文游说之蔽，今见其所临不苟，信一代豪杰也!”

苏轼被贬时，胡文柔缝衣相赠，道：“我一女人，得如此等人知，我复何憾？”

在那样的时代，已婚女子敢将丈夫之外的男子称为“知音”已很少见，而这位男子还厄运当头，别人唯恐避之不及。可见她的坦荡和胸襟。

心既远，味偏长

李之仪的婚姻生活虽然幸福，仕途却充满坎坷，不平之事接踵而来。

年轻时，李之仪师从北宋名臣范仲淹之子范纯仁，而范纯仁一直反对新政，且与奸臣蔡京不和。因此，李之仪仕途不顺，他深感报国无门，前途渺茫。

《蝶恋花·天淡云闲晴昼永》

天淡云闲晴昼永。庭户深沉，满地梧桐影。骨冷魂清如梦醒。梦回犹是前时景。

取次杯盘催酩酊。醉帽频欹，又被风吹正。踏月归来人已静。恍疑身在蓬莱顶。

北宋词坛通常以“白描精绘、直抒胸臆”为主，与唐五代文风华丽的词截然不同。李之仪的词大多如此，这首《蝶恋花·天淡云闲晴昼永》语言直白，表达了他充满雄心壮志又无法实现的愁苦。

他从睡梦中醒来，望着流云朵朵的天空，只觉白昼漫长。庭院中落下梧桐的疏影，他躺在梧桐树下，突然感到“骨冷魂清”，这样一个梦接着一个梦，梦中都是生平所感的人和事。

从梦中醒来，他去酒馆中买醉排遣。踏月归来时，他巾帽歪戴，又被风吹正。一个人在风中醉步而行。恍惚之间，他还以为自己身在“蓬莱之顶”。

范纯仁病重在床时，口授政治遗言给李之仪，并让他整理成遗表，上呈给皇帝。

当时，蔡京大权在握，他早就视范纯仁为眼中钉。范纯仁死后，李之仪成了接班人，也站在了风口浪尖上。蔡京自然不会轻易放过李之仪，他断章取义，从遗表中找出反对新法之语，诬陷李之仪“辱骂新党”，将其逮捕入狱。

胡文柔得知丈夫身陷囹圄后，上下打点，可惜蔡京有意置李之仪于死地，她的努力都白费了。后来，她打听到有位官员收藏了范纯仁生前的手稿，而手稿中的内容正好可以驳斥蔡京的诬陷。可是，那位官员畏惧蔡京的权势，不敢交出手稿。她临危不乱，花钱买通那位官员府中的用人，弄清手稿的安放之处，亲去官员府中将范纯仁的遗表偷了出来，这才救了李之仪一命。不过，因为这起事件，李之仪被贬至当涂。

《鹧鸪天·收尽微风不见江》

收尽微风不见江。分明天水共澄光。由来好处输闲地，堪叹人生有底忙。

心既远，味偏长。须知粗布胜无裳。从今认得归田乐，何必桃源是故乡。

江风迎面吹来，轻柔而凉爽，却不见江水在何处。自古华丽的地方比不上悠闲的地方，人生何必总是无休无止地忙碌呢？心中的志向再远大，也抵不过现实的打击。有粗布衣可穿，总比没有衣裳穿好。从今以后，我要懂得归田的快乐，也不必非要在世外桃源中生活。

李之仪携妻带子来到当涂，虽然远离是非之地，可仍旧逃不过际遇的捉弄。

胡文柔操劳过度，身体日渐消瘦，美丽的容颜也日渐憔悴。后来，儿子、儿媳先后离世，白发人送黑发人，给了她致命的打击。

在短短的四年之中，李之仪先后丧子、丧妻，最后只剩下自己，孑然一身。

他落魄绝望，几乎要被命运击败。这时，一位年轻的女子出现在他的生活中，让他如枯木逢春，黯淡的人生又焕发出新的光芒。

天不老，人未偶

每次心情欠佳之时，李之仪都会和朋友喝酒听曲，谈古论今。

那天，他在姑溪江畔踱步，忽然听到江上画舫中传出一阵悠扬的琴声，随后又传来女子清幽悲凉的歌声，唱的居然是《履霜操》：

履朝霜兮采晨寒。考不明其心兮听谗言。孤恩别离兮摧肺肝。何辜皇天兮遭斯愆，痛殁不同兮恩有偏，谁说顾兮知我冤。

李之仪站在那里，愣了半天，不自觉流下了眼泪。

这是一首悲伤的曲子，弹唱的女人名叫杨姝。

在此之前，黄庭坚在当涂做了七天太守，在他离任的前一天，曾邀请李之仪等好友到太平园游玩。当天为了助兴，还请来一位小歌妓弹唱，那位小歌妓便是杨姝。

李之仪和她有过一面之缘，如今再次遇见，内心突然泛起点点涟漪。

李之仪还清楚地记得，当时黄庭坚对她极尽赞美之辞，说她琴艺高超、动人心弦。而今，他再次听到她弹唱的《履霜操》，内心的激动之情难以言喻，唯有用文字来表达。

《好事近·相见两无言》

相见两无言，愁恨又还千叠。别有恼人深处，在懵腾双睫。

七弦虽妙不须弹，惟愿醉香颊。只恐近来情绪，似风前秋叶。

黄庭坚夸赞杨姝琴艺高超、动人心弦，而李之仪却说“相见两无言”“惟愿醉香颊”。他对她的情意，已经再明显不过。之后，两人开始交往，李之仪渐渐走出阴霾，有了活力。

杨姝温柔似水，融化了李之仪冰封的心。冬去春来，他在闲暇之时为她写了大量诗词。

《清平乐·听杨姝琴》

殷勤仙友。劝我千年酒。一曲履霜谁与奏。邂逅麻姑妙手。

坐来休叹尘劳。相逢难似今朝。不待亲移玉指，自然痒处都消。

他对她的爱情，简单直白，“不待亲移玉指，自然痒处都消”，爱情就像一服神奇的药，药到之时，马上病除。

李之仪的身体一天比一天好，还有了兴致约好友贺铸去采石矶游玩。

游玩途中，李之仪对杨姝的思念满溢，于是写下了“我住长江头，君住长江尾”的千古名篇。

那悠悠不尽的江水，正如他对她的爱恋，绵远流长。

自从胡文柔离世后，他从来没有过这样心动的感觉。那个怀抱琵琶、面如春风的女子，渐渐住进了他的心里。他想好好爱她，给她一个可以依靠的肩膀。

《谢池春·残寒销尽》

残寒销尽，疏雨过、清明后。花径敛馀红，风沼萦新皱。乳燕穿庭户，飞絮沾襟袖。正佳时，仍晚昼。著人滋味，真个浓如酒。

频移带眼，空只恁、厌厌瘦。不见又思量，见了还依旧。为问频相见，何似长相守。天不老，人未偶。且将此恨，分付庭前柳。

冬季余留的寒气渐渐消了，小雨过后不久，就是清明。花丛间的小径上铺满残落的花瓣。微风吹过池塘，水波皱起。燕子在屋宇间飞来飞去，柳絮沾满双袖。这是美好的时光，夜晚连着白昼，我的心里只有你。这种感觉就像饮了浓酒一样醇香深厚。

腰带上的孔眼频繁地移动，我只能眼睁睁地看着自己日渐消瘦，不见你却又相思，见了你还要分别，依然是相思。我们总是这样相见又分别，分别又相见，为什么不永远亲密厮守呢？天无情，天不老；人有情，却不能和意中人相伴。这份难言的相思别恨有谁能懂呢？我也只能将心事说给庭前的柳树听，希望它能够成为我们爱情的见证。

这首《谢池春·残寒销尽》是李之仪写给杨姝的求婚信。杨姝含泪读完。

一对忘年相恋的情侣，携手于姑溪畔，那里的花草都弥漫着爱情的味道。

贬谪当涂的生活十分清苦，可李之仪却爱屋及乌地爱上了这里，并且自号“姑溪居士”。他一生中的大量诗词都是在姑溪完成的，还留给世人一本《姑溪集》。

道骨仙风云外侣，烟鬟雾鬓月边人

耳鬓厮磨的日子没过多久，意外便降临了。

李之仪的好友罗某去世，他为其写下墓志铭，其中有一句说道：“姑孰之溪，其流有一二，一清一浊。”清者自然是罗某，那么浊者是谁呢？他没有明确地指出来。

所谓“清者自清，浊者自浊”，正人君子自然毫不在意，小人却开始疑神疑鬼。

姑溪的郭功甫骄傲自大，常以李太白自居，沽名钓誉，实际上却是一个卑鄙阴险的小人。他以为李之仪写的那个“浊”字是在影射自己，于是怀恨在心，伺机报复。

郭功甫在姑溪确实有一点名气，但并不是因为他的才华，而是因为他和大学士苏东坡之间的笑话。有一次，郭功甫路过杭州，特意拿了自己写的诗去请教苏东坡，见到苏东坡后，便抑扬顿挫地吟诵起来，吟完后又问：“我这首诗能得多少分？”

苏东坡笑着说：“十分。”

郭功甫得意洋洋地追问：“先生为何觉得我的诗能得十分呢？”

苏东坡回答："读得好七分，写得好三分，加起来不就是十分吗？"

郭功甫羞愧得红了脸颊。这个笑话就这样慢慢传开了。他的才华很一般，却自视出众，毫无自知之明。这一次，他又因为一个"浊"字，决定报复李之仪。

当时正逢朝廷恩典，李之仪的儿子也受到荫封。郭功甫自然看不下去，他唆使当地一位吉姓地主起诉李之仪。吉姓地主诬陷杨姝所生的儿子是与他私通所生，李之仪有冒领朝廷恩典的罪行。蔡京正好接手这起案子，毫不犹豫地便削掉了李之仪的官籍，杨姝还受到杖刑。

郭功甫奸计得逞，还幸灾乐祸地写了一首打油诗来嘲讽李之仪：

七十余岁老朝郎，曾向元祐说文章。
如今白首归田后，却与杨姝洗杖疮。

虽然郭功甫奸计得逞，但明事理之人早就看穿了他的把戏。正所谓"浊者自浊"，他劣迹斑斑，糗事一箩筐，他又怎么知道世人是如何嘲讽他的呢？

人的名节和情操都是心性的显露，而不是通过奸计伪造出来的。李之仪被削掉官籍，杨姝受到杖刑，可他们的高洁之志却没有被玷污，仍旧受到世人的尊崇。

在这种情况下，李之仪还为杨姝填词，表明自己对她忠贞不渝。

《浣溪沙·玉室金堂不动尘》

玉室金堂不动尘。林梢绿遍已无春。清和佳思一番新。
道骨仙风云外侣，烟鬟雾鬓月边人。何妨沉醉到黄昏。

李之仪六十七岁时，冤案才得以昭雪，官复原职。而此时，他已年老体衰，重病在身。八十岁时，他躺在床榻上，安然逝去。床前，有杨姝和儿子陪伴左右。杨姝和儿子遵从他的遗愿，将他葬在当涂的藏云山致雨峰，完成他“一廛尚冀容此老”的心愿。

因一个人，爱上一座城，哪怕死了也要好好守护。

黄庭坚

桃李春风一杯酒，江湖夜雨十年灯

黄庭坚，字鲁直，号山谷道人，洪州分宁（今江西省九江市修水县）人。

黄庭坚从小就很聪明，一本书读上几遍就能背诵，俨然一位“小天才”。有一次，舅舅到他家做客，随手从书架上拿了一本书考问他，结果他都能对答如流，舅舅大喜，认为他是“千里之才”。

七岁那年，黄庭坚创作了一首《牧童诗》：

> 骑牛远远过前村，短笛横吹隔陇闻。
> 多少长安名利客，机关用尽不如君。

八岁那年，他写诗送人赴举：

> 万里云程着祖鞭，送君归去玉阶前。
> 若问旧时黄庭坚，谪在人间今八年。

宋治平四年（公元1067年），黄庭坚高中进士，被任命为汝州叶县县尉。之后，他参加四京学官考试，所作文章瑰丽出众，受到留守文彦博的赏识，遂担任国子监教授。

有一次，苏轼看到黄庭坚的诗文，赞叹他的诗文超凡脱俗，卓然独立于千万诗文之中，是世间少有的佳作。由此，黄庭坚声名鹊起，成为“苏门四学士”之一。

黄庭坚不仅才华横溢，还是一位大孝子。“二十四孝”故事中的“涤亲溺器”，写的就是他孝顺母亲的故事。

君行到自知

元丰七年（公元1084年）春天，黄庭坚途经金陵、扬州，赴德州任职。

此前，王安石在半山园时写了一首集句词：“数间茅屋闲临水，窄衫短帽垂杨里。花是去年红，吹开一夜风。梢梢新月偃，午醉醒来晚。何物最关情，黄鹂三两声。”

所谓“集句”，就是指集辑前人的诗、文成句以融汇成篇的一种作词方法。用这种方法所作的词叫作集句词，它是一种特殊的词体。由于集句的要求是一首词全部使用前人诗句而不添减一字，所以，虽然有集经、史、文句入词者，但是，因谱调限制，难以做到没有出入。

黄庭坚曾批评王安石的这首词是“百家衣”。不过，在这次赴任途中，他自己也效仿王安石，写了一首集句词。

《菩萨蛮·半烟半雨溪桥畔》

半烟半雨溪桥畔。渔翁醉著无人唤。疏懒意何长。春风花草香。

江山如有待。此意陶潜解。问我去何之，君行到自知。

溪水桥畔，一半是烟雾，一半是雨滴。渔翁喝醉睡着了，也无人前去叫醒他。他的生活该有多自由，才能如此慵懒而不受约束。春风吹拂花草，散发出阵阵幽香。

这山山水水似乎在等待什么，也只有陶渊明才能理解其中的意味吧！你若问我将去何方，只要跟着我走，自然会知道我心之所向。

这首词移花接木，将前人诗句的风韵借为己用，描写出山川、溪桥等自然美景，表达了词人步先哲后尘隐匿踪迹的决心。

通过此词可见黄庭坚的才学。因为要写出这样的集句词，必须谙熟前人的诗句风韵，还要考虑到句式长短、对偶声韵等问题，而且更要使词情达意、情思连续，使之如出己口。

宋哲宗元祐年间（公元 1086 年至公元 1094 年），京师文友汇聚一堂。黄庭坚以茶相赠，广交文友，其中包括当时的政治家、书法家文彦博。文彦博和黄庭坚都是爱茶之人。他们相识之后，文彦博还专门跑去婺源采茶，赠予黄庭坚。

黄庭坚深受感动，常与文彦博交游品茶，还为他填了一首词。

《满庭芳·茶》

北苑春风，方圭圆璧，万里名动京关。碎身粉骨，功合上凌烟。尊俎风流战胜，降春睡、开拓愁边。纤纤捧，研膏溅乳，金缕鹧鸪斑。

相如，虽病渴，一觞一咏，宾有群贤。为扶起灯前，醉玉颓山。搜搅胸中万卷，还倾动、三峡词源。归来晚，文君未寝，相对小窗前。

这首《满庭芳·茶》以茶为中心，名物纵横，典故穿插，写尽古今风流。词的上阕写茶之风神，下阕写品茶盛会。虽然题为咏茶，但通篇不见一个茶字，可谓精妙绝伦。

莫厌岁寒无气味，余生今已矣

人在春风得意之时，总会有狂风骤雨来袭，黄庭坚的人生也是如此……

宋哲宗绍圣二年（公元1095年），黄庭坚因被指编修《神宗实录》不实，被贬为涪州（今重庆市涪陵区）别驾，安置黔州，开始了他人生中最为艰难的流寓江汉的岁月。

原来，黄庭坚在做检讨官时，在《神宗实录》中写有“用铁龙爪治河，有同儿戏”的话，有人诬告黄庭坚此话不实。随后黄庭坚被盘问，他回答说：“庭坚时官北都，尝亲见之，真儿戏耳。”此后凡有查问，黄庭坚都如实回答，毫无顾忌。

当时，听到的人都称赞他英勇豪壮。尽管如此，他仍旧被贬官了。

《定风波·次高左藏使君韵》

万里黔中一漏天。屋居终日似乘船。及至重阳天也霁。催醉。鬼门关外蜀江前。

莫笑老翁犹气岸。君看。几人黄菊上华颠。戏马台南追两谢。驰射。风流犹拍古人肩。

黔州的天气总是阴雨连绵，仿佛天漏了一样，满地是水。

他终日被困家中，如同待在一艘破旧的大船之上。长久的雨天之后，天空放晴，又到了重阳佳节，他终于能在蜀江之畔度过欢快的时光。

他虽年老，但气概不减，还将艳丽的菊花插在头顶上。

他在吟诗填词方面的才学，不输给戏马台南赋诗的两谢（谢瞻、谢灵运）。

他还能骑马射箭，纵横驰骋，威武之气胜过古时的英雄豪杰。

这首词是黄庭坚贬谪黔州时的作品，主要表达他虽处境险恶，却不会向命运低头的态度；通过对重阳盛事的描写，表达他老当益壮、穷且益坚的乐观奋发精神。

然而，即便被贬至黔州，政敌也不放过黄庭坚，还是觉得他的日子过得太好了。又有人出来攻击他，诬告他枉法。结果，黄庭坚又被贬至戎州（今四川省宜宾市）。对于贬谪之事，他却毫不介意。因为黄庭坚知道朝廷新旧两党纷争不断，攻击他的人都是新党，而作为苏门四学士之一的他，也在旧党那里讨不到好。

这年秋天，黄庭坚的弟弟黄叔达，带着黄庭坚的夫人、儿子等家人从芜湖入蜀，千里迢迢前来看望他。亲人见面，倍感亲切。黄庭坚十分感谢弟弟不惧万里路程而来，还专门写了一首词纪念此事。

《谒金门·戏赠知命》

山又水。行尽吴头楚尾。兄弟灯前家万里。相看如梦寐。

君似成蹊桃李。入我草堂松桂。莫厌岁寒无气味。馀生今已矣。

弟弟带着亲属不远万里而来，翻越千山万水，走遍吴、楚交界之地。如今兄弟两人默默对坐于灯前，想到万里之外的故乡，相互对望如同在梦中一样。

弟弟本来才华横溢，如同桃李的芳香吸引众人前来观赏，而今却追随着我忍受寂寞与荒凉。不要害怕寒冬降临，再没有芬芳，我的生命快走到尽头，那时就将自由解放。

除了温柔似水的亲情，戎州当地人的热情好客，也让黄庭坚记忆犹新。

宋哲宗元符二年（公元 1099 年）前后，黄庭坚与当地人一起在月下饮酒。其中有一位朋友，名叫孙彦立，他擅长吹笛。那晚月光皎洁，笛声清扬，黄庭坚有感而发，填词一首。

《念奴娇·断虹霁雨》

断虹霁雨，净秋空，山染修眉新绿。桂影扶疏，谁便道，今夕清辉不足。万里青天，姮娥何处，驾此一轮玉。寒光零乱，为谁偏照醽醁。

年少从我追游，晚凉幽径，绕张园森木。共倒金荷家万里，难得尊前相属。老子平生，江南江北，最爱临风曲。孙郎微笑，坐来声喷霜竹。

月光美酒，桂树飘香，嫦娥架着月轮，在夜空中驰骋。一群人醉倒在清冷的月光下。他的心中虽然充满离愁，却也不能辜负这畅饮美酒的欢聚时光。

一杯美酒，一生漂泊，一曲轻笛，唤起多少前尘往事。

只恐花深里，红露湿人衣

贬谪西南的生活有苦有乐，虽然黄庭坚生性豁达、随遇而安，但已韶华不再。

古人讲究“落叶归根”，人老时更想回归故乡，安享晚年。黄庭坚也盼望着早日东归。毕竟，故乡不在这里，亲人也不在这里，心之所向更不在这里……

《望江东·江水西头隔烟树》

江水西头隔烟树。望不见、江东路。思量只有梦来去。更不怕、江阑住。

灯前写了书无数。算没个、人传与。直饶寻得雁分付。又还是、秋将暮。

我站在西岸，向东岸眺望，目光却被如烟似雾的树林阻拦，望不到江东路上款款而来的情人。我想，只有在梦中往来相会，才不会被这悠悠的江水所阻拦吧！

我曾借着微弱的灯光，写了无数封情书，却找不到可以传递的人。已经到了秋末时节，连鸿雁也无法帮忙传信了。

《望江东·江水西头隔烟树》是一首抒情寄慨之作，语言简明而悲怨深沉，词人表面在写恋人相思，实际表达的是自己东望思归之情。

《水调歌头·游览》

瑶草一何碧，春入武陵溪。溪上桃花无数，枝上有黄鹂。我欲穿花寻路，直入白云深处，浩气展虹霓。只恐花深里，红露湿人衣。

坐玉石，欹玉枕，拂金徽。谪仙何处，无人伴我白螺杯。我为灵芝仙草，不为朱唇丹脸，长啸亦何为。醉舞下山去，明月逐人归。

思乡的日子难熬，他以春游解愁，踏着碧绿的瑶草，来到传说中的“桃花源”。

武陵溪畔有桃花，桃花枝上有黄鹂。他想穿越花丛去问路，走到了白云深处，只见彩虹之巅，浩气荡荡。他担心花丛深处的露水会打湿衣裳。

他坐在玉石上，靠着玉枕，拿着金徽，却找不到谪居人间的仙人，更无人陪他用田螺杯饮酒。

为了寻找灵芝仙草，他不为世事繁华所动。他放声长叹，喝醉了，就手舞足蹈地下山，明月仿佛也在催促他赶紧回家。

这不禁让我们产生疑问，词人写的“明月逐人归”，归的到底是家，还是故乡呢？

直到宋徽宗即位后，黄庭坚才有机会离开西南。不过，宋徽宗给黄庭坚多个官职，他都推辞不就，只想做郡官。最后，他被任命为太平州知州，却上任九天就被罢免，之后主管玉龙观。

在河北时，黄庭坚与大臣赵挺之闹了矛盾，赵挺之当权，转运判官陈举遵从赵挺之的意向，呈上黄庭坚写的《荆南承天院记》，指斥黄庭坚对灾祸庆幸，黄庭坚因此被除名，被送到宜州（今广西壮族自治区宜山县）管制。翌年春天（公元1104年），他在宜州写下《清平乐·春归何处》：

春归何处。寂寞无行路。若有人知春去处。唤取归来同住。

春无踪迹谁知。除非问取黄鹂。百啭无人能解，因风飞过蔷薇。

逝去的春光归向何处？谁也无法看清它的脚步。四周陷入一片沉寂，如果有人知道春天的归处，记得叫它回来与我们同住。有谁知道春天的踪迹呢？如果想知道，就要询问黄鹂鸟。然而，它千百遍地婉转啼叫，谁又懂得它的意思呢？只见黄鹂鸟乘风飞过了蔷薇花丛。

他多想与春天同住，与百花为伴，远离这污浊混沌的世界啊！

次年八月，朝廷命黄庭坚从宜州转到永州。然而，他还没有接到诏令，便于九月客死宜州，终年六十岁。四年后，黄庭坚的门人苏伯固、蒋沣护其丧归，将黄庭坚葬在了江西双井祖茔之西，他才得以落叶归根。

秦观

曲终人不见，江上数峰青

他好似一匹忧伤的瘦马，纤弱的马蹄，踏过点点碎花。

他是秦观，他的文风纤弱秀丽，仿佛出自美人之笔。他的词里弥漫着浓雾般的忧伤。飞花似梦，细雨如愁。在这个世界上，似乎没有人比秦观更忧伤了。

难怪清末冯梦华在《蒿庵论词》中将秦观和晏几道一起称为“古之伤心人”。

自古以来，言愁之人数不胜数。

曹操说“忧从中来，不可断绝”；李白说“白发三千丈，缘愁似个长”；李煜说“问君能有几多愁，恰似一江春水向东流”……

愁，这种萦绕在内心深处的情愫，虚无缥缈。

秦观却将镜花水月般的忧愁比喻成“无边丝雨”。愁之细，正如点点雨丝；愁之盛，正似雨丝的无边无际。

在秦观的词里，愁有大有小，既可以微如杂草，又可以铺天盖地如海潮般席卷而来：“自在飞花轻似梦，无边丝雨细如愁”；“春去也，飞红万点愁如海”；“便做春江都是泪，流不尽，许多愁”。

他的愁，缘于父亲的早亡，家境贫寒，日子捉襟见肘。

他的愁，缘于屡次落第，年近不惑才谋得一官半职，之后却又屡遭贬谪。

他的愁，缘于一次次的离别，与心爱之人挥手便是永别。

两情若是久长时，又岂在朝朝暮暮

秦观在十九岁那年结婚，妻子徐文美出生于富商之家。

据说，岳父曾对秦观说："子当读书，女必嫁士人。"于是，他发奋读书，希望有朝一日能够考取功名。

徐文美家境殷实，长相俏丽，又很会持家，但缺少情趣。

秦观当年选择这段婚姻，大概与他窘迫的生活状况有关。他十五岁的时候，父亲就去世了，日子过得十分拮据。这门婚事多多少少改变了他的生活状况。

不过，无论秦观在怎样的环境中长大，都没有影响他成为一个风流才子，妻子徐文美并非他的最爱。

秦观一生写过无数情诗，却没有一首是写给徐文美的。

秦观外出做官时，徐文美留在老家操持家务。不过，孝顺的秦观却将年迈的母亲带在身边，以便早晚侍奉，还收留了一位叫边朝华的侍女照顾母亲的起居。

古代的男人大多如此，他们在选择妻子时，妻子可以不美貌、不懂学问，甚至可以不喜欢，只要身体健康、门当户对就行了。但妾不一样，不仅要温柔美丽、善解人意，最好还能歌善舞、能诗善词。在古代，妾室可以由自己选择。

元祐八年（公元1093年），秦观将边朝华纳为妾，那年他四十五岁，边朝华十九岁。

新婚之夜，秦观为边朝华写下一首诗：

《四绝》

天风吹月入栏干，乌鹊无声子夜阑。

织女明星来枕上，了知身不在人间。

秦观在诗中，将边朝华比作织女，清新脱俗、温婉明媚。

几年后，秦观因反对奸相章惇等人篡改新法，从国史院编修官被贬为杭州通判。他深知自己此去凶多吉少，便写信让边朝华的父亲把边朝华领回去，并给了他们一笔钱财。

临行时，他将父女两人送到江边的小船上，并赋诗相赠：

《遣朝华》

夜雾茫茫晓柝悲，玉人挥手断肠时。

不须重向灯前泣，百岁终当一别离。

不想，边朝华对秦观也是一往情深。待秦观抵达杭州之后，她又不顾一切追随而来，还说要与秦观“同生死，共患难”。结果，两人在一起不到一年，秦观再次被贬，而且这次的处罚是“削秩”，不仅要去除所有官职封号，还不能带家属随同。无奈之下，两人只能再次分别。

这次离别，便是永别。秦观痛心疾首，写下千古名篇《鹊桥仙·纤云弄巧》：

纤云弄巧，飞星传恨，银汉迢迢暗度。金风玉露一相逢，便胜却、人间无数。

柔情似水，佳期如梦，忍顾鹊桥归路。两情若是久长时，又岂在、朝朝暮暮。

纤薄的云彩变幻莫测，划破夜空的流星传递着思念，我要悄然渡过那遥远无垠的银河。牛郎织女只在秋风白露的七夕相会，便胜过世间那些长相厮守却貌合神离的夫妻。

相逢虽短，却能共诉相思。柔情似水，如梦似幻，两人分别时还不忍去看脚下的鹊桥路。如果两情相悦，至死不休，又何必贪求卿卿我我的朝欢暮乐呢?

这首词为秦观赢得了无数“粉丝”，“两情若是久长时，又岂在朝朝暮暮”也成了千古传诵的经典名句。可是，这首词背后的故事，却让人心痛不已。

朝华磕头离去之时，几近晕厥。后来，她落发为尼，与青灯相伴，不再谈及情爱。

频梦扬州

宋神宗元丰年间（公元1078至1085年），秦观曾在扬州流连一段时间，并在那里邂逅了一位多情的箜篌女。

那晚，明月皎洁，她在月光下弹奏箜篌。这种乐器盛行于唐代，到宋代就只有民间艺人会弹奏了。她眼波流转，指间妙音流淌，歌声清幽。

他痴痴地望着她，犹如望着梦中的仙子，这种美妙的感觉被他写进了词中。

《八六子·倚危亭》

倚危亭。恨如芳草，萋萋刬尽还生。念柳外青骢别后，水边红袂分时，怆然暗惊。

无端天与娉婷。夜月一帘幽梦，春风十里柔情。怎奈向、欢娱渐随流水，素弦声断，翠绡香减，那堪片片飞花弄晚，濛濛残雨笼晴。正销凝。黄鹂又啼数声。

他独自倚靠在高耸的楼亭之上，心中的愁怨如同春草，割尽又再生。他一想到柳树外骑马分别的场景，一想到在水边与红袖佳人挥手告别，就忍不住黯然神伤。

上天赐予她美丽的容颜，让他如痴如醉。他们曾经醉入一帘幽梦，曾经共沐十里春风，而今都如流水般消逝不见了。他再也听不到美妙的箜篌，再也嗅不到她衣衫上的清香，只见暮春凋零的片片落花，在夜空中飞扬。点点细雨时而下时而停，雾气迷蒙。

他愁意正浓。这时，黄鹂的啼叫声传来，一声接着一声，仿佛在向他诉说心事。

这首词是秦观流连于扬州的一段生活记录。那年，他三十二岁，前途还是一片渺茫。

《满庭芳·晓色云开》

晓色云开，春随人意，骤雨才过还晴。古台芳榭，飞燕蹴红英。舞困榆钱自落，秋千外、绿水桥平。东风里，朱门映柳，低按小秦筝。

多情。行乐处，珠钿翠盖，玉辔红缨。渐酒空金榼，花困蓬瀛。豆蔻梢头旧恨，十年梦、屈指堪惊。凭阑久，疏烟淡日，寂寞下芜城。

破晓时分，云雾散尽，春色随人意。骤雨过后，天气晴朗。古旧华丽的水边楼台近旁，飞燕仿佛在踢着空中的落花。榆钱飞舞得困乏了，自然飘零。秋千荡出院墙外，碧绿的河水上涨，几乎与桥齐平了。春风吹拂，绿柳与朱门相辉映，低低的秦筝之音自朱门中传出。

我回忆起多情之人相携出门游玩的盛景。她乘坐的马车上缀满珠宝与翠羽。我乘坐的良马，用玉点缀着红色的缰绳。盛满酒的金杯渐渐空了，美人也厌倦了蓬莱仙境。豆蔻年华的少女啊，往日里与我有多少离愁别恨？十年时光屈指间便过了，算来令人心头一惊。

我凭栏远眺良久，烟雾稀疏，斜阳渐落，扬州城中空剩寂寞。

扬州之春如此美好，满眼繁花似锦，一片灿烂。在这绿水盈岸、燕舞花飞的季节，和心爱的人踏花而行，不是人生美事吗？

秦观在自度曲（指不依旧谱而创作的新曲）《梦扬州·晚云收》中更明确地说出了自己流连扬州的原因：

> 晚云收。正柳塘、烟雨初休。燕子未归，恻恻轻寒如秋。小阑外、东风软，透绣帏、花蜜香稠。江南远，人何处，鹧鸪啼破春愁。

> 长记曾陪燕游。酬妙舞清歌，丽锦缠头。殢酒为花，十载因谁淹留。醉鞭拂面归来晚，望翠楼、帘卷金钩。佳会阻，离情正乱，频梦扬州。

傍晚时分，我站在栽满了杨柳的堤岸上，细雨方才停歇。去年的燕子还不见归来，分明已是春天，却让人有秋寒之感。栏杆之外，春风轻拂，蜜香透过绣帏传来，气味依然香浓。江南那样远，你在何方呢？我正苦苦思量着，耳边却传来鹧鸪的啼叫，更让我不胜忧愁。

我记得，曾陪你一起宴饮游玩。你舞姿优美、歌声清澈，我用丽锦赠与你作缠头。我迷恋酒色，长时间地留在扬州，还不是因为你吗？那时，我经常在外游乐，天黑了，才醉醺醺地扬鞭归来。我抬头望翠楼，你每次都卷起帘子，等待着我。如今我们俩远隔千山万水，难以相会。我想你想得心绪烦乱，还频频梦见自己身在扬州。

百岁终当一别离

秦观满腹才学，可是前两次科考都以落第告终，第三次才终于中了进士。

后来，在苏轼的帮助下，秦观被派往蔡州当官。此时，秦观已经三十八岁。人到中年，却依旧英俊潇洒，魅力不减。他在蔡州也留下了一段风流韵事。

秦楼楚馆的女子大多风情万种、倾国倾城，有的还色艺双绝、意趣文雅。

风流才子为她们写尽相思曲，可最后能够修成正果的，却寥寥无几。

在蔡州，秦观认识了营妓娄琬（字东玉），她温柔可人，善解人意，举手投足间尽显优雅。秦观为她魂牵梦萦，在蔡州的那段时间，经常与她约会，为她写词。

《水龙吟·小楼连远横空》

小楼连苑横空，下窥绣毂雕鞍骤。朱帘半卷，单衣初试，清明时候。破暖轻风，弄晴微雨，欲无还有。卖花声过尽，斜阳院落，红成阵、飞鸳甃。

玉佩丁东别后，怅佳期，参差难又。名缰利锁，天还知道，和天也瘦。花下重门，柳边深巷，不堪回首。念多情、但有，当时皓月，向人依旧。

女子站在阁楼之上，隔窗望着心爱之人正乘华丽的马车而去。昨夜缠绵缱绻，很快又天亮了。他要起身离开了。她为他卷起红色的帘子，才卷了一半，他便匆忙离去。她慌忙披上一件单衣，匆匆走到窗前，目送着他离开。

清明时节，天气多变，一会儿细雨，一会儿晴，就像她的心事一样，半暖半冷、半喜半悲。她痴痴地坐在那里，直到夕阳西下，卖花声都听不见了。她回过神来，只见夕阳将院落照得红彤彤的，晚风吹起片片落花，飘洒在井台上。

离别之后，她的耳畔还回响着他的玉佩叮当作响的声音，两人相拥缠绵的一幕又浮现在眼前。她真害怕发生什么意外，两人便不得再见。可他名利缠身，又不得不离开。或许只有天知道她心中的相思之苦，连天也会因此而消瘦吧！

他忍不住回头张望，又回想起她住的地方。在那烟柳深巷之中，花丛掩映着道道院门。此时，能够安慰他的，恐怕只有天上的明月。它还像那时一样明亮，一如她的眼眸，含情脉脉地望着他。而这明月此时也照着分隔两地的恋人。

宋词里从来不缺痴男怨女被迫离别的故事，秦观这首《水龙吟·小楼连远横空》算不上出类拔萃的作品，它的特别之处是他在词里藏了一个女人的名字——娄琬。

“小楼连苑横空”藏着“娄琬”；“玉佩丁东别后”藏着“东玉”。

《花庵词选》中写道：“寄营妓娄琬。琬字东玉，词中藏其姓名与字在焉。”

这算是秦观送给娄琬最好的礼物了，毕竟她只是他人生中的过客。两人不可能天长地久，长久地相伴。秦观离开蔡州之后，娄琬便从他的生活中彻底消失了，只留下这首《水龙吟·小楼连远横空》，每每唱起，犹如他在呼唤她的名字。

飞红万点愁如海

秦观中年入仕，仕途路上却是风雨飘摇，屡屡被贬。

当时，朋党之争愈演愈烈，作为苏轼的得意门生，秦观也在宦海中沉浮。

元祐九年（公元1094年），秦观从国史院编修官的位置上被撤职，历时七年的贬谪生涯就此拉开序幕。

秦观先是以编修《神宗实录》时诋毁先帝的罪名，被贬至杭州，在前往杭州的路上，又被告知改道处州。他觉得无所谓，去哪里都是一样。既然不能好好当官，那就读书、写词打发日子吧！

在处州，秦观写下一首《千秋岁·水边沙外》：

> 水边沙外。城郭春寒退。花影乱，莺声碎。飘零疏酒盏，离别宽衣带。人不见，碧云暮合空相对。
>
> 忆昔西池会，鹓鹭同飞盖。携手处，今谁在？日边清梦断，镜里朱颜改。春去也，飞红万点愁如海。

春寒浅浅，他在城郭溪畔散步，满目繁花映入眼帘，耳边莺声呖呖不绝。漂泊在外的人，无法与佳人共饮美酒，默默承受着相思之苦，衣带也渐渐宽松。

他想见的人却见不到，与他相对的只有黄昏时分的天边流云。

他回想起以前在汴京金明池边，同僚们一起乘车出游的欢愉。旧时握手言欢处，而今还有谁在呢？他深知自己无法再回京了，镜中的容颜也已经苍老。

美好的时光一去不复返。春光已逝，红花已谢，只留下落红万点，诉说着无尽的愁苦。

贬谪处州的日子虽然清苦，但秦观也活得悠闲，没事的时候就品品茶、读读经、写写诗词。对仕途深感失望的他，在文学的世界里自由飞翔，与美邂逅。

《好事近·梦中作》

春路雨添花，花动一山春色。行到小溪深处，有黄鹂千百。

飞云当面化龙蛇，夭矫转空碧。醉卧古藤阴下，了不知南北。

春雨过后，山路上新开了许多花，鲜花在风中摆动，满山春色盎然。我走到小溪深处，见到无数黄鹂。

空中云彩飞动，在我的眼前化作奔腾的龙蛇，在碧空中伸展自如。我醉卧在古藤树阴下，朦胧迷离，全然不知南北东西。

不久，秦观又被贬到了郴州。第二年，他又被编管横州。所谓“编管”，就是由地方官看管起来。

在前往横州之前，秦观于郴州旅舍写下了那首千古名篇，委婉含蓄地表达了自己的谪居之恨。

《踏莎行·郴州旅舍》

雾失楼台，月迷津渡。桃源望断无寻处。可堪孤馆闭春寒，杜鹃声里斜阳暮。

驿寄梅花，鱼传尺素。砌成此恨无重数。郴江幸自绕郴山，为谁流下潇湘去？

浓雾迷蒙，楼台难辨；月色朦胧，渡口隐没。他望断天涯，却找不到陶渊明笔下的桃花源。春寒料峭，旅馆的门窗紧闭，他的孤寂也被关在了屋子里。

杜鹃声声，不如归去；夕阳西下，夜幕降临。

远方的友人寄来书信，字字温暖人心，他却平添了离愁别恨。

他笑问郴江："你绕着郴山流动就好了，为何还要流向潇湘去呢？"

这是秦观对渺茫前途的追问。他以为这次去横州凶多吉少。秦观一生都在写绝美的情词小令，沉溺于缠绵悱恻的情爱里，临死前倒想起了家乡的妻儿，真让人嘘唏不已！

在去横州的路上，秦观走到藤州时，收到了朝廷特赦的消息。

收到消息时正值白天，秦观当时睡了一觉，并在梦中作了一首词。

《好事近·梦中作》

春路雨添花，花动一山春色。行到小溪深处，有黄鹂千百。

飞云当面化龙蛇，夭矫转空碧。醉卧古藤阴下，了不知南北。

醒来后，他把在梦里写的词背给别人听。背完后，他感到口渴，等人给他把水端来后，他没有喝，看着水笑了笑，便离世了，终年五十一岁。

周邦彦

桐花半亩，静锁一庭愁雨

风流才子多思春，平日无事逛逛青楼，为姑娘写首词，也是很随性的举动。“黄衫飞白马，日日青楼下”，正是宋代词人的真实写照。

琴书清谈之乐，山水豪饮之乐，如果没有青楼歌妓为伴，一切皆无乐。

青楼女子琴棋书画样样精通，诗词歌赋无所不能。

青楼内飞燕玲珑，雕梁画栋，宫灯昏黄。绝色女子从翠幕中走来，樱桃樊素口，杨柳小蛮腰，双眸剪秋水，一出场便迷倒无数达官贵人。

才子周邦彦也是怦然心动，随即沉吟道：“帘卷青楼，东风暖，杨花乱飘晴昼。”

周邦彦出生于钱塘（今浙江省杭州市），字美成，号清真居士，是北宋著名词人。他的词作语言清丽典雅，风格缜密浑厚。他不仅继承了柳永的慢词，还对南宋姜夔、张炎等人的创作产生了深远影响。

然而，他偏偏与皇帝争风吃醋，为了个红颜知己闹得满城风雨，人尽皆知。

多少年过去了，这段风流韵事还是人们茶余饭后的谈资。

今宵正对初弦月

二十七岁那年，才华横溢的周邦彦向宋神宗献上七千字的《汴都赋》。

宋神宗大感惊奇，特意召他前往政事堂，命大臣在迩英阁朗诵。赋中有许多奇文古字，大臣们都不认识，只好读其偏旁。《汴都赋》是一篇模仿汉代《两都赋》《二京赋》的大赋，赋中不仅描写了汴都的繁华，还颂扬了王安石的新政，因此得到宋神宗和新党大臣的连连称赞。

《汴都赋》让周邦彦名动天下，从此，他在仕途上也平步青云。

后来，宋神宗仙逝，宋哲宗即位，宣仁太后执政，重启旧党。周邦彦则被排挤出京城，开始了七年的流放生活。他辗转庐州、溧水等地，留下无数传世名篇。

《满庭芳·夏日溧水无想山作》

风老莺雏，雨肥梅子，午阴嘉树清圆。地卑山近，衣润费炉烟。人静乌鸢自乐，小桥外、新绿溅溅。凭阑久，黄芦苦竹，拟泛九江船。

年年。如社燕，飘流瀚海，来寄修椽。且莫思身外，长近尊前。憔悴江南倦客，不堪听、急管繁弦。歌筵畔，先安簟枕，容我醉时眠。

雏莺在春风中慢慢成长，梅子在夏雨中渐渐成熟，他躺在茂密的树荫之下。

地势低洼的地方靠近高山，潮湿的衣服总要用炉火烘干。

他爱寂静，也想像鸟雀那样无忧无虑，自在飞翔。

小桥边，新涨的绿水潺潺流淌。

他站在楼上凭栏久望，只见遍地黄芦苦竹。

这一刻，他觉得自己就像遭贬的白居易，独自泛舟于九江边。

在外流放多年，周邦彦好不容易才当上溧水知县，虽官位卑低，但他内心有远大的抱负。

于是，在某个夏日，他游览了无想山后，心生感慨，写下了这首《满庭芳·夏日溧水无想山作》。

宣仁太后逝世后，宋哲宗亲自执政，又重新起用新党的人。

周邦彦又被召回汴京，宋哲宗还让他重献《汴都赋》，此后他便一直做京官。

《渡江云·晴岚低楚甸》

晴岚低楚甸，暖回雁翼，阵势起平沙。骤惊春在眼，借问何时，委曲到山家。涂香晕色，盛粉饰、争作妍华。千万丝、陌头杨柳，渐渐可藏鸦。

堪嗟。清江东注，画舸西流，指长安日下。愁宴阑、风翻旗尾，潮溅乌纱。今宵正对初弦月，傍水驿、深舣蒹葭。沉恨处，时时自剔灯花。

满山薄雾低垂，雁阵飞越沙丘，春天的气息越来越浓。红花碧草，舒卷开合，将春天装点得如此美丽。路旁的柳条千丝万缕，迎风招展，新叶逐渐长出便可遮藏栖鸦。

他乘上华美的游船，沿着长江之水西去，前往繁华的汴京。

世事无常，几经浮沉，他的心如澎湃的江水，随着浪花翻卷不息。

并刀如水

周邦彦在外流放的日子，无论在哪里他的内心总是布满愁云惨雾。回京之后，他的生活又变得明媚多情起来。

汴京城内，秦楼楚馆，酒色生香，当时的汴京第一名妓李师师，更是无人不知、无人不晓。如果有哪位才子能够博得李师师一笑，定会被传为佳话，名声大振。

公子王孙、文人雅士，纷纷慕名而来，希望能够得到李师师的青眼相待。连当时的皇帝宋徽宗赵佶，也被她迷得神魂颠倒。

宋徽宗虽然在政治上昏庸无能，可他的才华十分出众，绝不逊色于南唐后主李煜。李师师起初只管弹琴，并不搭理宋徽宗。后来，在宋徽宗的软磨硬泡下，李师师的芳心终于被打动了。

女人总是喜欢有才华的男人，从古到今大都如此。

宋徽宗说李师师“一种幽姿逸韵，要在色容之外”，意思是说，李师师的美不仅在于绝色的容颜，她的身上还透露出一种超凡脱俗的风韵，这是用语言无法形容的。

为了方便两人幽会，宋徽宗还修了一条从宫里通往她家的地道。

李师师是皇帝的女人，有谁敢碰呢？就算有人有这个想法，李师师也不一定看得上。毕竟她也是人中之凤，沦落风尘依旧魅力不减。可这个世界上偏偏有“色胆包天”的人，他才不管李师师和谁在一起，自己喜欢就去追求。这个人就是周邦彦。

张端义在《贵耳集》中曾记载了这样一则趣事：

一次，宋徽宗身体欠佳，周邦彦趁机私会李师师。两人正幽会呢，宋徽宗忽然来了。周邦彦躲避不及，只能躲入床底。

宋徽宗带来一只江南进贡的新鲜橙子，李师师用自己的纤纤玉手剥给他吃，两人谈笑逗趣，无比恩爱。躲在床下的周邦彦心生醋意，回家后专门填了一首词，来记录自己的心情。

《少年游·并刀如水》

并刀如水，吴盐胜雪，纤手破新橙。锦幄初温，兽烟不断，相对坐调笙。

低声问向谁行宿，城上已三更。马滑霜浓，不如休去，直是少人行。

并州产的剪刀锋利无比，吴地出产的细盐如雪般洁白。她用纤纤玉手剥开新鲜的橙子，喂进他的嘴里。幔帐华丽，炉烟缭绕，房间里又暖又香。他和她相对而坐，调笙、吹奏，浪漫温馨。

夜色渐浓，她温柔地问他："你今天去谁那里歇息？现在已是三更天，霜浓路滑，外面几乎看不到行人了，不如就在这里住下吧！"

她的声音如此轻柔，每一句话都坦然天真，毫无忸怩作态之感。

李师师看了这首词之后很是喜欢，经常在宾客面前唱起，一来二去便传到了宋徽宗的耳中。他又气又恼，心想自己嫖妓这么私密的事情，居然被写成了词来传唱。

当他得知作词者是周邦彦时，毫不犹豫地将其赶出了京城。周邦彦成了宋徽宗的情敌。

周邦彦再次被贬官流放，平日好友都不敢前来相送，只有李师师无所畏惧，为他送行。

登临望故国，谁识京华倦客

李师师为周邦彦送行那天，宋徽宗正好去看望她，见她不在，便坐在屋内焦急地等着。

李师师回来后，宋徽宗见她双眼含泪，红肿如桃，便怜惜地问："怎么哭成这个样子呢？"

李师师也不隐瞒，直接说是去给周邦彦送行了。她虽在风月之中，说话却情真意切，毫不做作。她还将周邦彦临行前写的词，唱给宋徽宗听：

《兰陵王·柳》

柳阴直。烟里丝丝弄碧。隋堤上、曾见几番，拂水飘绵送行色。登临望故国。谁识。京华倦客？长亭路，年去岁来，应折柔条过千尺。

闲寻旧踪迹。又酒趁哀弦，灯照离席。梨花榆火催寒食。愁一箭风快，半篙波暖，回头迢递便数驿。望人在天北。

凄恻。恨堆积。渐别浦萦回，津堠岑寂。斜阳冉冉春无极。念月榭携手，露桥闻笛。沈思前事，似梦里，泪暗滴。

古人离别时总喜欢“折柳相赠”。送行那日，她看到沿岸的柳树繁茂，丝丝柳条随风浮动，舞弄起一片嫩绿的世界。柳条拂水、柳絮飘飞，曾多少次送别他人。如今，他要离开这里了。登高远望，故国依旧沐浴在灿烂的春光中，而他只是京城的过客。十里长亭，年年送别，折断的柳条应该不止千尺了吧？

人在安静时总会回忆起过往的时光，他和她分别的时间在寒食节的前后，离酒、哀弦、残灯、空席，眼前的情境透出丝丝凄凉。竹篙浸入渐渐转暖的水中，船儿如离弦之箭，越行越远。送别的驿站消失不见，送别的人犹如站在天边。

船儿越行越远，遗憾也越来越深。河岸蜿蜒曲折，渡口行人稀少。夕阳缓缓沉下，春意却更加浓厚。在这春色与暮色交融之时，他内心的愁绪也被撩动起来。

他回想起和她携手走在月下，水榭露桥，一曲歌唱到天明。只是前尘往事都如旧梦，细细想来，如今他也只能暗自垂泪了。

这首《兰陵王·柳》是周邦彦最著名的作品之一，无论是对景色的描写，还是对情感的把控，都恰到好处。漫长的旅途与曲折的心路同时铺开，心事缓缓流淌，令人回味无穷。

当然，这首词更大的突破是在创作手法上，即故事性。周邦彦将送别的场景扩展成了离别的故事，凄美婉转。

通常，人们都习惯于“诗言志，词言情”，但是在周邦彦之后，词不但能言情，还能叙事。他充分发展了慢词的铺叙功能，这也是周邦彦对宋词作出的最大贡献。

后人因此将周邦彦尊称为“词中老杜”，甚至将他称为“词中之冠”。

李师师将这首《兰陵王·柳》含泪唱完后，宋徽宗也被深深感动。他觉得自己滥用公权，将才子周邦彦贬官，确实不对。于是对李师师说：“别哭了，我把他调回来就是了。”

周邦彦这才被调回京城，而且还升了官，被封为“大晟乐正”。

不过，据后世学者考证，周邦彦和宋徽宗“嫖妓撞车”事件并无确切证据，可信度不高。但是这段传奇的“恋情”却被人们世代相传，也没有人因此而否定周邦彦的才学和成就。

相对如说兴亡

在宋词发展史上，周邦彦起着“结北开南”的作用，其词风对南宋史达祖、姜夔、吴文英、周密、张炎等人产生过较大的影响。《白雨斋词话》中评论周邦彦：“词至美成，乃有大宗。前收苏、秦之终，复开姜、史之始。”周邦彦开启了南宋的格律词派，在中国词史中具有重要的地位。

周邦彦在创作中善于化用典故和前人的词句，将这些词句天衣无缝地融进自己的作品中，不留一丝痕迹。

这样的例子不胜枚举，比如周邦彦创作的《西河·金陵怀古》隐括了刘禹锡的《石头城》《乌衣巷》两首七绝和古乐府《石城乐》，却写得自然连贯，毫无雕琢借用的感觉。

《西河·金陵怀古》

佳丽地。南朝盛事谁记。山围故国绕清江，髻鬟对起。怒涛寂寞打孤城，风樯遥度天际。

断崖树，犹倒倚。莫愁艇子曾系。空余旧迹郁苍苍，雾沉半垒。夜深月过女墙来，伤心东望淮水。

酒旗戏鼓甚处市。想依稀、王谢邻里。燕子不知何世。入寻常、巷陌人家，相对如说兴亡，斜阳里。

一叠首句采自谢朓《入朝曲》中的“江南佳丽地，金陵帝王州”。后面四句则化用刘禹锡《石头城》中的“山围故国周遭在，潮打空城寂寞回”。

二叠断崖枯树、孤城女墙等化用了古乐府“艇子打两桨，催送莫愁来”和刘禹锡《石头城》中的“淮水东边旧时月，夜深还过女墙来”。

三叠便写金陵坊市，化用刘禹锡《乌衣巷》中的“旧时王谢堂前燕，飞入寻常百姓家”，但其中“酒旗戏鼓甚处市”很有北宋的时代气息。金陵已从六朝帝王之都变成了北宋的商业、消费城市，秦淮河上新添了不少勾栏瓦肆，寻欢作乐的红男绿女都是普通百姓，而不是旧时王谢为代表的豪门世族。

此外，他的作品中不仅有典雅清丽的语言，还有浅俗的口语和民间俚语，如《万里春·千红万翠》：

千红万翠。簇定清明天气。为怜他、种种清香，好难为不醉。

我爱深如你。我心在、个人心里。便相看、老却春风，莫无些欢意。

无论使用雅语还是俗语，周邦彦都能够化雅为俗，化俗为雅，雅俗共赏。

当然，周邦彦对事物的观察也是细致入微的，在选择意象时往往十分讲究，语言表现能力极强，比如《苏幕遮·燎沉香》的上阕：

燎沉香，消溽暑。鸟雀呼晴，侵晓窥檐语。叶上初阳干宿雨、水面清圆，一一风荷举。

后人一直对后三句十分推崇，认为寥寥数字，生动传神地描摹出雨后初晴的清晨，荷叶在水面亭亭玉立的姿态。“一一风荷举”读起来字字浅显，其实字字都经过精心的推敲。

再比如，《玉楼春·桃溪不作从容住》中写道：“烟中列岫青无数，雁背夕阳红欲暮。”其中既有色彩上的渲染，又有空间上的布列，读来十分精巧。

周邦彦晚年的作品缜密典丽，言辞华美，具有较强的宫廷气息，他因此被人说成是“帮闲文人”。

宣和二年（公元1120年），周邦彦回乡，准备在睦州安享晚年。

然而，战乱又起，起义军攻占睦州城，他被迫返回杭州避难，之后又经扬州、天长，到达南京（今河南省商丘市）。第二年，他在南京病逝。

贺铸

当年不肯嫁春风，无端却被秋风误

在北宋词坛上，贺铸刚柔并济，英雄豪气与儿女情长并存。他既是英雄汉，又是有情郎。

铮铮铁骨里藏着似水柔情，婉约笔墨里处处是刀光剑影。

在他的词里，你会遇见江南柔白的春雪，点缀着远方淡雅的青山；你会踏过一川烟草，沐浴着小桥流水外纷飞的柳絮。

他有南方人的血统，所以写词温婉雅丽；他又有北方人的性格，所以挥毫间豪气冲天。他的笔墨中有塞北的黄沙，有奔驰的铁骑，还有英雄的遗骨。他将柔美与豪情熔铸在一起，创造了一种奇崛的美感。

陆游在《老学庵笔记》中说贺铸“状貌奇丑，色青黑而有英气”。贺铸有一个外号叫“贺鬼头”。在贺铸粗犷的皮囊下藏着一颗细腻玲珑的心。他同时也是仗剑走天涯的白衣侠客，在血雨腥风的江湖中杀出一条血路。

他笔带剑风，写着轻柔如雪的词句，过着快意的人生。

少年侠气

贺铸是赵匡胤结发妻子贺氏的族孙。贺氏的父亲贺景思与赵匡胤的父亲赵弘殷交好多年，早在后晋时期便将女儿嫁给了赵匡胤。可惜贺氏命薄福浅，还没有等到赵匡胤黄袍加身便离世了。

因此，贺铸虽身为“皇亲国戚”，却并未得到太多福荫。

十七岁时，贺铸进皇宫当了皇家守卫，之后一直做着低级武官，没什么“出息”。

不过，贺铸的内心住着一位英雄，整日想着国家大事，忧心着江山社稷。无奈朝廷重文轻武，他空有为国之心，却无报国之门。

《芳心苦·杨柳回塘》

杨柳回塘，鸳鸯别浦。绿萍涨断莲舟路。断无蜂蝶慕幽香，红衣脱尽芳心苦。

返照迎潮，行云带雨。依依似与骚人语。当年不肯嫁春风，无端却被秋风误。

杨柳环绕着水塘，一对鸳鸯在入水口处嬉戏。浮萍又厚又密，采莲的船只难以前行。没有蜜蜂和蝴蝶倾慕花香，荷花逐渐褪去花瓣，只剩下莲心苦涩的莲蓬。

夕阳斜照，潮水涌进荷塘，流动的云带来了雨滴点点，无情地打在荷花上。随风摇曳的荷花似乎在向词人倾诉衷肠：当年不肯在春天开放，而今在秋风中受尽凄凉。

贺铸空有报国之心，满腔热血却只能屈居下僚。他自比是开在池塘深处的荷花，无人欣赏，无人倾慕，只能独自零落。

贺铸宏愿难平，内心充满悲愤，于是提笔写下《六州歌头·少年侠气》：

少年侠气，交结五都雄。肝胆洞。毛发耸。立谈中。死生同。一诺千金重。推翘勇。矜豪纵。轻盖拥。联飞鞚。斗城东。轰饮酒垆，春色浮寒瓮。吸海垂虹。闲呼鹰嗾犬，白羽摘雕弓。狡穴俄空。乐匆匆。

似黄粱梦。辞丹凤。明月共。漾孤篷。官冗从。怀倥偬。落尘笼。簿书丛。鹖弁如云众。供粗用。忽奇功。笳鼓动。渔阳弄。思悲翁。不请长缨，系取天骄种。剑吼西风。恨登山临水，手寄七弦桐。目送归鸿。

在贺铸眼中，少年侠士都是肝胆相照、生死与共的人，能带着鹰犬狩猎，能踏平狡兔之窟，能围聚豪饮，能吸干海水。他们气魄如虹。可惜，他生不逢时，无法实现理想，成为白衣剑客。

朝气蓬勃的生活也只如黄粱一梦。行侠仗义的少侠，空有报国之志，却落入牢笼般的官场。他一腔抑郁，满腹牢骚，只因无法建功立业、驰骋沙场。

壮志凌云不得施展，就只能抚琴诵词，看山水归鸿了。

这首《六州歌头·少年侠气》气势磅礴，字字句句都透着英雄之气、侠肝义胆。

然而，贺铸一身的侠肝义胆与报国之志，并不能给他的仕途带来帮助。

他生性耿直，喜欢喝酒，时常意气用事，在官场屡屡碰壁，即使后来做了文官，也依旧没有得到重用。他一生郁郁不得志，无奈只能退隐苏州，过起了文人雅士的生活。

头白鸳鸯失伴飞

贺铸侠骨柔情，有锦心却无秀口。他虽一生郁郁不得志，沉于下僚，却没有放纵自我，沉迷风月。悲歌唱罢，亮剑入匣，他只求粗茶一盏、淡饭一钵，在姑苏门外的横塘小屋中，坐拥万卷诗书，与结发妻子过普通的生活。

贺铸的妻子出身贵族，却愿意下嫁于他。贺铸相貌丑陋，虽是皇亲，却有名无实。不管从哪方面来看，他都不是女孩子心中的理想对象。

可是，婚后两人却能相濡以沫。

她从小养尊处优，嫁给他之后，日子过得捉襟见肘，可她从不埋怨。每日忙完家务之后，她都会在灯下为他补衣，这位出身贵族的大小姐，竟然做起了丫头的事情。

日子像流水一样缓缓流逝。有她的日子，他从来不觉得清苦难过。每天能够吃到她做的粗茶淡饭，能够穿上她补好的衣服，就是他最大的幸福。

夏日炎炎，她拿出他的冬衣，一针一线地缝补。

他笑着问道："大热天的，你干吗缝补冬衣？离冬天还早着呢！"

她笑着回答："闲着也是闲着，这缝缝补补的可要花费好多工夫，等冬天再补就迟了。"

虽然生活贫苦，她却无怨无悔。他有感于此，写下一首《问内》：

庚伏压蒸暑，细君弄咸缕。乌绨百结裘，茹茧加弥补。
劳问汝何为，经营特先期。妇工乃我职，一日安敢堕。
尝闻古俚语，君子毋见嗤。瘿女将有行，始求然艾医。
须衣待僵冻，何异斯人痴。蕉葛此时好，冰霜非所宜。

她在夏天缝补冬衣，是为了把最温暖的阳光都缝补进去。她对他的爱，正如那一针一线般细腻，正如那灿烂阳光般温暖。她非并没有退路，只是甘愿跟他过贫苦的生活。

他以为，他们可以永远这样幸福下去，任时光缓缓流逝，直到岁月染白他们的头发，在他们脸上刻下深深的皱纹。他以为，他们能携手共度余生，然后一起被黄土掩埋。

有天早上，他醒来发现缝补好的衣服齐整地叠放在枕边，上面还有她的针线，可是已经很久没有动过了。她去了哪里？他想了好久才反应过来：她已经走了。

她永远地离开了这个世界。她在时，他觉得一切平淡如常。她走后，他才发现全世界都空了。他想起两人相濡以沫的美好时光，悲伤得流不出一滴眼泪。

《半死桐·重过阊门万事非》

重过阊门万事非。同来何事不同归。梧桐半死清霜后，头白鸳鸯失伴飞。

原上草，露初晞。旧栖新垅两依依。空床卧听南窗雨，谁复挑灯夜补衣？

这首《鹧鸪天·重过阊门万事非》是贺铸为悼念妻子所写，与潘岳的《悼亡诗》、元稹的《遣悲怀》、苏轼的《江城子·乙卯正月二十日夜记梦》齐名。

不同的是，贺铸的这首词记录的是夫妻的寻常生活，字字朴实无华，却感人肺腑。

“空床卧听南窗雨，谁复挑灯夜补衣？”

伤心的话不需要任何修饰，爱情里也不需要说尽万种风情。一对平凡的夫妻，一句“今后还有谁能挑灯为我缝补衣服呢”，已经足够刻骨铭心。

锦瑟华年谁与度

归隐苏州的那段日子，在姑苏城外十余里一个叫横塘的地方，贺铸修筑了一间小屋，与妻子过着贫苦却安乐的生活。

每次说到横塘，笔者的耳畔总会响起唐代诗人崔颢的那首古诗:“君家何处住，妾住在横塘。停船暂借问，或恐是同乡。”想必诗中那位大胆的女孩，只要见到自己喜欢的少年，便会用山歌询问他的住处。她的歌声清脆，久久回荡在江面上。

在如此浪漫的横塘，贺铸写下了那首传世名篇。

《青玉案·凌波不过横塘路》

凌波不过横塘路。但目送、芳尘去。锦瑟华年谁与度。月桥花院，琐窗朱户。只有春知处。

飞云冉冉蘅皋暮。彩笔新题断肠句。试问闲情都几许。一川烟草，满城风絮。梅子黄时雨。

那日，他在回家的路上，偶遇一位清新绝美的女子。

她轻移莲步，经过他的身旁，然后飘然而去。他怦然心动，却只能目送她离开。她正值青春年华，如此美好的时光是谁陪在她的身边呢？她居住的地方定有月台花榭，有雕花的窗棂，还有紧闭的朱门。或许，只有春天才知道她的住处吧！

芳草岸边，日色将暮，飘飞的云彩舒卷自如。夜深人静之时，美人早已了无踪迹。他拿起笔墨，在纸上写下悲伤的诗句。他自己的感慨只是“闲愁”，既没有恋爱的甜蜜，也没有失恋的痛楚。你若问他心中的“闲愁”有多少？他便回答，像遍地烟草、满城随风飘落的柳絮、青梅成熟时节的细雨。

黄庭坚认为，这首《青玉案·凌波不过横塘路》不亚于秦观的小令。黄庭坚在《寄贺方回》中表达了对贺铸的欣赏：“少游醉卧古藤下，谁与愁眉唱一杯？解作江南断肠句，只今唯有贺方回。”

贺铸也因“一川烟草，满城风絮，梅子黄时雨”，得到了雅号“贺梅子”。

好伴云来，还将梦去

到了晚年，贺铸的词风已经不再像年轻时那样锋芒毕露，多是流落天涯后的凄凉、历尽尘世后的沧桑。自从妻子离世之后，他一直鳏居横塘，再未涉及情爱之事。

以其才情与名气，贺铸想要找个大家闺秀来续弦，或者与青楼歌妓谈个恋爱，也并非难事。可他宁可独守屋檐，忍受青灯黄卷的寂寞，怀念那个为他挑灯补衣的妻子。这样的深厚情意，无论在哪个朝代，都十分难得。

爱情在他眼里，像动人且秀丽的风景。

《生查子·陌上郎》

西津海鹘舟，径度沧江雨。双橹本无情，鸦轧如人语。

挥金陌上郎，化石山头妇。何物系君心？三岁扶床女。

在烟雨之中，那艘轻捷的船儿离开渡口，径直渡过沧江，消失在苍茫的远方。她目送丈夫离开，仿佛听到那原本没有情感的双橹，也因为他们的分别而响个不停。

丈夫在外挥金如土，妻子却在家苦苦守候，几乎要变成山头的望夫石了。她想拴住他的心，让他知道，家中还有扶床行走、年仅三岁的女儿呢！

这首词是贺铸晚年的作品，通过民间传说，描写了古代社会“痴心女子与负心汉”的故事。

贺铸词长于造语，多从唐代诗人的作品中吸取精华，他曾说：“吾笔端驱使李商隐、温庭筠，当奔命不暇。”贺铸的语言秀丽豪放。在浩瀚的宋词海洋中，他的作品也具有独特的地位和影响力。

一方面，贺铸沿袭苏轼抒情的道路，写自我的英雄豪侠气概，成为辛弃疾豪放词的先导；另一方面，语言风格又承晚唐温、李的风骨，继续影响到南宋吴文英等人。

《天香·烟络横林》

烟络横林，山沉远照，迤逦黄昏钟鼓。烛映帘栊，蛩催机杼。共苦清秋风露。不眠思妇。齐应和、几声砧杵。惊动天涯倦宦，骎骎岁华行暮。

当年酒狂自负。谓东君、似春相付。流浪征骖北道，客樯南浦，幽恨无人晤语。赖明月、曾知旧游处。好伴云来，还将梦去。

那是一个秋日黄昏，他回想起少年时的醉酒轻狂，想到多年来浪迹天涯的苦楚，忍不住感喟一番。也许，只有依然高悬的明月，才知道他曾经走过的路。

从前的美好时光，伴着月亮，随彩云而来，随美梦而去……

贺铸的人生就这样走到了终点。这一生，他是义薄云天的豪气侠客，也是多愁善感的多情书生。

赵佶

不忍抬头，羞见旧时月

据说，宋神宗特别欣赏李煜的才华，曾站在李煜的画像前再三赞叹他的清俊儒雅。

那天夜里，宋神宗梦到李煜来拜访自己。不久，宋神宗的儿子赵佶便出生了。

古人往往将“做梦”这种事传得神乎其神。比如，周文王姬昌求贤若渴，梦到飞熊扑来，惊醒后认为这是吉兆，次日出游时便邂逅渭水河畔的姜子牙。还有文人赵明诚，梦中出现“词女之夫”四字，后来便与女词人李清照结为连理。

赵佶比李煜更甚，诗词书画，样样精通。而作为皇帝，他们都昏庸无能，最终国破家亡。

赵佶天资聪颖，精通诗画，是难得一见的文艺全才。如果他能够将时间和精力都用在自己的爱好上，比如诗词、书画、美女、蹴鞠之类的，那么他肯定可以一生潇洒。

但他是宋神宗的儿子、宋哲宗的弟弟。宋哲宗驾崩后，没有留下子嗣，皇位继承便成了问题。

那时，朝野之间分歧很大，向太后推举赵佶为帝，群臣却认为他“轻佻，不可以君天下”。最后，向太后还是力排众议，将赵佶推上了皇位。

元符三年（公元1100年），赵佶登基，是为宋徽宗。

东风鼓，吹下半天星

宋徽宗拥有超高的艺术天赋，“能书擅画，名重当朝”。他的书法独具特色，被称为“瘦金体”，笔画清瘦，苍劲有力，堪称中国书法史上的绝唱。

宋徽宗的绘画也很出名，传世的绘画精品无数，比如著名的《池塘晚秋图》《芙蓉锦鸡图》《竹禽图》《瑞鹤图》等。他还亲自创办画院，兴起时便以古诗文命题，让画师即兴创作。

宋徽宗即位之时，北宋已经发展到繁荣的顶点，国泰民安，一派和谐。

《小重山·罗绮生香娇上春》

罗绮生香娇上春。金莲开陆海，艳都城。宝舆回望翠峰青。东风鼓，吹下半天星。

万井贺升平。行歌花满路，月随人。龙楼一点玉灯明。萧韶远，高宴在蓬瀛。

繁荣的宋朝，罗绮飘香，金莲遍地，宝车往来。东风吹落繁星，人间歌舞升平，道旁鲜花丛生。明月随着人影而动，月光映照着楼宇间的灯火，佳宴设在蓬瀛。

生活在这样繁荣的年代，宋徽宗是幸福的，他也很享受这样的安定，整日沉溺在美酒诗画之中，纵情享乐。开国之初，宋太祖皇室嫔妃不足三百，到了宋徽宗时期，后宫阵容迅速过万，美人如花，佳丽如云，史书中有“三千粉黛，八百姻娇”的记载。

他的身边从来不缺美人，可真正能够住进他心里的人，却又少之又少。

《醉落魄·预赏景龙门追悼明节皇后》

无言哽噎。看灯记得年时节。行行指月行行说。愿月常圆，休要暂时缺。

今年华市灯罗列。好灯争奈人心别。人前不敢分明说。不忍抬头，羞见旧时月。

宣和三年（公元1121年），贵妃刘氏去世，宋徽宗伤心不已，追封她为皇后。次年，他与群臣登景龙门赏灯，触景生情，写下了这首《醉落魄》，表达自己失去至爱的悲伤。

当然，他生性风流，并不会为哪个女人停滞不前。在民间，还流传着他和一代名妓李师师的风流情事。

浅酒人前共，软玉灯边拥

相传，李师师是京城的头牌名妓，很多达官贵人都拜倒在她的石榴裙下，其中一人身份特殊，他就是宋徽宗。

宋徽宗第一次去青楼“视察民情”时，陪伴在他身边的是蹴鞠“明星”高俅。李师师的艳名传遍京城，高俅早有耳闻，于是怂恿宋徽宗前去“视察民情”。

那天，宋徽宗乔装成富家公子，风度翩翩地来到青楼，指名要找李师师。

正巧李师师在休息，听说有人指名要找她，便懒洋洋地起床沐浴。过了好久也不见她下来，宋徽宗等得心急火燎、如坐针毡。

而这种被怠慢的感觉也勾起了他的好奇心，毕竟他是九五至尊，谁敢如此怠慢呢？

正当他郁闷之时，帘幕内忽然传来了李师师的声音："客人走了吗？"

他只听见她的声音，便觉得这一生无论做什么都甘之如饴。李师师语气温柔，沐浴之后更是神清气爽。宋徽宗的心瞬间就融化了。

帘幕轻轻卷起，李师师款步走出，云鬓半偏，肌肤胜雪。出浴的美人如莲花般清雅迷人。她虽出身青楼，却有一种不入凡世的仙姿。后宫佳丽三千，每个人为了讨好皇帝都极尽谄媚，哪里有李师师这样坦荡从容呢？

宋徽宗忘情地看着李师师，仿佛时间都凝固了。

李师师也是冰雪聪明之人，见宋徽宗风流倜傥、斯文俊秀，也有一些心动。况且，还有高俅陪在他身边，一副唯命是从的样子，眼前的景象足已说明他身份特殊，她不敢再怠慢。

"金风玉露一相逢，便胜却人间无数"，李师师让宋徽宗流连忘返，如痴如醉。

李师师有一个爱好，凡是她接待过的客人，只要略通文墨，就得留下诗词一首。宋徽宗文采斐然，自然不会拒绝，于是提笔写下一首《醉春风·浅酒人前共》送给她：

> 浅酒人前共，软玉灯边拥。回眸入抱总合情，痛痛痛。轻把郎推。渐闻声颤，微惊红涌。

试与更番纵，全没些儿缝。这回风味成颠狂，动动动。臂儿相兜，唇儿相凑，舌儿相弄。

第二天清晨，宋徽宗慌忙起身，并且解下自己的腰带赠给李师师。

这位特殊的客人走后，李师师才下床看昨夜客人赠送的词，看完心里一惊：这字不是著名的“瘦金体”吗？原来昨夜的客人是皇帝宋徽宗啊！

李师师没有想到，宋徽宗不仅逛了青楼，还成了自己的常客。为了方便两人幽会，宋徽宗还专门命人从宫门外挖了一条密道，直通李师师的闺房。

这段广为流传的“爱情”故事，记录于宋代传奇小说《李师师外传》，包括这首《醉春风·浅酒人前共》也只在小说中有所记载，现在能够确定为宋徽宗所作的诗词中，查无此篇。所以，这首词可能只是托宋徽宗之名，实则出自坊中人之手。细品之下也不难看出，这首词的风格更加俚俗，与宋徽宗的文学素养有一定的差距。

民间的传说不是完全可信，历史的真相却不容质疑。历史上凡是贪恋美色的国君，几乎都没有好下场。周幽王烽火戏诸侯，只为博得美人褒姒一笑，最终亡国；唐明皇英明神武，因为溺爱杨贵妃，也几乎让江山付之东流。年纪轻轻的宋徽宗，又如何能够逃过这个魔咒呢？

宋代学者孟元老在《东京梦华录》中描绘了北宋末年的繁荣昌盛，然而，繁华之后便是衰亡。无论宋仁宗、宋神宗，还是宋徽宗，都希望一振国威，但是由于种种限制，最后都改革失败了。尤其到了宋徽宗，他沉迷琴棋书画，将奸佞之臣委以重任，还常常混迹秦楼楚馆。

后世这样评价他：“宋徽宗诸事皆能，独不能为君耳！”

万里帝王家

宋徽宗赵佶荒废朝政、昏庸无道，加之北宋内忧外患不断，使得朝廷摇摇欲坠。

宣和七年（公元 1125 年），金军联合北宋消灭了辽国，之后又对北宋虎视眈眈。为了迷惑北宋，金国不断派遣使者，表面上表示友好，实则扰乱朝纲，暗中兵分两路，攻打开封。宋徽宗惊慌失措，将帝位传给儿子赵桓。赵桓临危受命，改年号为靖康，史称宋钦宗。

靖康元年（1126 年）正月，金军渡过黄河，之后仅用一年时间便攻破开封城，俘虏了宋徽宗、宋钦宗，还有后妃、皇族等数千人。

靖康二年（公元 1127 年）二月，金太宗废黜徽、钦二宗的帝位，将他们贬为庶人，北宋宣告灭亡，史称“靖康之难”。

据《靖康稗史笺证·开封府状》记载，“靖康之难”发生时，宋徽宗有封号的嫔妃和宫女有一百四十三人，没有封号的宫女有五百零四人。汴京城被攻陷后，金人掠走妃嫔、抢夺珠宝，宋徽宗都无动于衷。金人焚烧抢掠皇家典藏的书画时，他却感伤哀叹，心痛不已。

在这位落魄君王的心中，艺术瑰宝比江山、美人更重要。

当他身处囚车内，身上的铁链锒铛作响时，他才深深体会到什么是真正的“阶下囚”。

《眼儿媚·玉京曾忆昔繁华》

玉京曾忆昔繁华。万里帝王家。琼林玉殿，朝喧弦管，暮列笙琶。

花城人去今萧索，春梦绕胡沙。家山何处，忍听羌笛，吹彻梅花。

在押解的途中，他含泪写下这首词。他追忆繁华的汴京城，那万里河山都曾属于帝王家。宫殿园林是那样奢华，弦管笙琶之声日夜不断。

如今，花城内早已是空寂无人，萧索冷落。虽然他身处黄沙漫天的胡地，但那繁华如春的汴京却时常萦绕在梦中。家乡在何处呢？他不忍心去听那羌笛吹奏的凄凉的《梅花落》。

他想到北宋百年的风光与繁华，不觉悲从中来，无限哀伤。

他的众多妃嫔和儿女都被金人掳走，辗转流离，惨遭蹂躏，死于北寒苦地。

家山回首三千里

赵佶被押送至金国都城后，受到了更大的凌辱。

金人让他与赵桓一起穿上丧服，去谒见金太祖完颜阿骨打的庙宇。

之后，他又被金太宗辱封为“昏德公”，关押于韩州（今辽宁省昌图县），后又被迁到五国城（今黑龙江省依兰县）囚禁。这期间，他的身心受尽折磨，写下了许多悔恨、凄凉的诗句，《在北题壁》便是其中一首。

彻夜西风撼破扉，萧条孤馆一灯微。
家山回首三千里，目断天南无雁飞。

在被囚禁半年之后，赵佶派臣子曹勋逃回中原，寻找自己的第九子康王赵构（宋高宗）。临行前，赵佶交给曹勋一件自己的内衣，衣领内暗写着“（赵构）可以继位，来救父母”。

他流着泪，叮嘱曹勋，一定要转告赵构“不要忘了我北行的痛苦”，一边说一边用白纱手绢拭泪，然后将白纱手绢交给曹勋说：“你见到新皇上后，一定要向他讲清楚我的思念之苦，期盼他早日平定中原，救出父母。”

在被俘的艰苦岁月里，赵佶创作了许多佳作，其中最为著名的是《燕山亭·北行见杏花》：

> 裁剪冰绡，打叠数重，冷淡燕脂匀注。新样靓妆，艳溢香融，羞杀蕊珠宫女。易得凋零，更多少、无情风雨。愁苦，问院落凄凉，几番春暮。
>
> 凭寄离恨重重，这双燕，何曾会人言语。天遥地远，万水千山，知他故宫何处。怎不思量，除梦里、有时曾去。无据，和梦也、有时不做。

王国维将这首词看成一封含泪的“血书”。

词中从淡淡的期望，到浅浅的失望，再到深深的绝望。最后，回归中原的梦想破灭，词人悲痛至极，乃至肝肠寸断。

富饶中原，繁华汴京，秀美江南，他回不去了。

他一直期望儿子宋高宗能够率战马前来，用真金白银解救自己。然而，直到他去世，也没有见到儿子的身影。在被金人囚禁九年之后，他终于无法忍受身心上的折磨，死在了白雪覆盖的黑土地上，终年五十四岁。

故国依旧，山河依旧，回首南望时，早已没有了他的方向。

李清照

物是人非事事休，欲语泪先流

宋词是一树美丽的花，开在无涯的时间荒野，穿越千年仍旧散发淡淡的清香。

花枝下有一位女子的倩影，她的才情纵横古今，她的品质高洁如兰。她是荷塘里惊飞的水鹭，是竹篱下傲然的菊花。她吟咏诗词，声如珠玉，明朗哀伤。

在男权社会，从来不缺风流倜傥、引领风骚的才子，而倾倒众生的才女则较为难得，毕竟那是“女子无才便是德”的年代。能够在文坛上占据一席之地的女子，则更为难得。

李清照，她的人就像她的名字一样，美丽清雅。在江南的明山秀水之中，在汴京繁华的街头，人人都在传颂才女的美名，而她自己却活得默默无闻，为爱情的别离而感伤，为生活的变故而落泪。她的词风婉约，如雨中荷、雾中山、云中月。

她出身名门，父亲李格非是大文豪苏轼的学生，进士及第，在汴京做官，家中藏书万卷。母亲是当朝状元的孙女，也有很高的文学造诣。她出身书香门第，从小博览群书，加上天资聪颖，注定日后将成为傲视文坛的一代才女。

人生如词，她走过明媚秀丽的花丛，也穿过沉郁刺痛的荆棘。她爱得深刻，痛彻心扉。最后，她把一切看淡，一颦一笑都让人如沐春风，一言一语都轻描淡写。

北宋时期，她的词作多为婉约秀丽的闺阁词，活泼秀丽，清新雅致。

南渡之后，面对战争频发、国破家亡，她的词风也转为沉郁哀婉、悲愤无奈。

我们读她的作品，犹如与两宋文人对话，心灵的局限慢慢消融。

在无涯的时间里，有一条幽静的小道，曲折蜿蜒，通往她跌宕起伏的一生……

兴尽晚回舟，误入藕花深处

青春时期，她的人生像檐下的风铃，随风起舞，发出清脆欢乐的声音。

她随父亲定居汴京。那时，宋都繁华，她的家庭条件优越。一颗少女心明亮活泼，流淌在笔尖的都是欢快之情。这一时期，正是“少女不知愁滋味”的阶段，她的词作也充满了自由浪漫的青春气息。

《如梦令·常记溪亭日暮》

常记溪亭日暮，沉醉不知归路。兴尽晚回舟，误入藕花深处。

争渡，争渡。惊起一滩鸥鹭。

常常回忆起和同伴在溪边的亭子游玩的场景，日落西山，喝醉了酒找不到回家的路，闯入藕花深处洒下一片明快的欢笑声，惊得一群群水鸥、白鹭乱飞。

娇俏嫣然的少女形象跃然纸上，富有激情与活力的青春呼之欲出。字句间都是清新别致的自然之美，这是她早期词作的风格。

饮酒赏花，吟诗作赋，她的生活悠闲且风雅。

《如梦令·昨夜雨疏风骤》

昨夜雨疏风骤。浓睡不消残酒。试问卷帘人，却道海棠依旧。

知否。知否。应是绿肥红瘦。

夜雨稀疏，狂风不停。她酣睡一夜后，酒意还未消尽。于是，她问卷帘的侍女，一夜风雨过后，外面是怎样的一番景象呢？侍女告诉她，海棠花依旧开得灿烂。她却摇摇头，心里问自己：知道吗？知道吗？应该是绿叶繁茂，红花凋零。

这首《如梦令·夜雨疏风骤》也是她前期的代表作之一。“绿肥红瘦”四字奇崛精妙，让人耳目一新。从此，惜春之人都喜欢用“绿肥红瘦”。

虽是惜春之词，字里行间却不见丝毫哀怨，反而清丽淡雅。

少女时代的她，才气逼人，丝毫不逊色于当时的大家。与她同时代的王灼曾在《碧鸡漫志》中评价她：“自少年便有诗名，才力华赡，逼近前辈。”

《点绛唇·蹴罢秋千》

蹴罢秋千，起来慵整纤纤手。露浓花瘦，薄汗轻衣透。

见客入来，袜刬金钗溜。和羞走，倚门回首，却把青梅嗅。

秋千荡罢，罗衣轻湿，纤手微麻却懒得活动。她的额头上冒出颗颗汗珠，恍如初春花朵上的露珠。花园里露浓花瘦，她翩然起舞，自由自在。此时，忽然出现了一位陌生的客人。

她来不及穿鞋，只好穿着袜子疾走，头发上的首饰也滑落了。她如此害羞，又忍不住回头偷看客人的模样。这样的行为在礼教年代未免有失端庄。于是，她倚门回首，以低嗅青梅的姿态，来掩饰对来客的好奇。

他是一位白衣翩翩的公子，步履如风，潇洒从容。

有人推测，这首词正是写于李清照与丈夫赵明诚初见之时。虽然只是短短的一首词，却将少女初恋时的娇羞和钟情描写得活灵活现，惹人怜爱。

《浣溪沙·闺情》

绣面芙蓉一笑开。斜飞宝鸭衬香腮。眼波才动被人猜。

一面风情深有韵，半笺娇恨寄幽怀。月移花影约重来。

尽管她才情卓绝，可当爱情来临时，仍旧是一副“少女怀春，面如芙蓉”的姿态。

人人都会产生的情愫，稍不留神便会落俗。她却如此坦荡与真实，“一面风情深有韵，半笺娇恨寄幽怀”。在压抑人性的社会里，她的才情与思想，都打破了桎梏，为女性的自由与解放，竖起一面光辉的旗帜。

她和心爱之人，以书寄怀。明月轻移，花影摇曳，正是两人幽会之时。

才下眉头，却上心头

赵明诚出身官宦之家，父亲赵挺之后来还出任当朝宰相。

相传，赵明诚到了应该结婚的年龄，父母张罗着说了几门婚事，最后都没有找到合适的姑娘。赵明诚也不急，因为他在等自己命中注定的另一半。

一天午睡中，他梦见自己看了一本很特别的书。梦醒后，他已记不清书中的大部分内容，却清晰地记得这几句："言与司合，安上已脱，芝芙草拔。"

赵明诚感到十分困惑，便将此事告诉了父亲。父亲听后喜出望外，为他解梦说："言与司合"为"词"，"安上已脱"为"女"，"芝芙草拔"为"之夫"。这不就是"词女之夫"的意思吗？

后来的事情，我们都知道了，赵明诚娶了千古才女李清照，成为名副其实的词女之夫。

李清照和赵明诚结婚时才十八岁，不过早已蜚声北宋词坛。赵明诚则酷爱古玩善本、奇珍异宝，家中钱财多用来置办金石。

两人婚后并未过着锦衣玉食的生活，粗茶淡饭，却平凡幸福。两人相互爱慕，心意相通，可谓佳偶天成。

可惜，新婚燕尔的生活没过多久，赵明诚便离家远游，留下李清照一人，相思情愁。

《一剪梅·红藕香残玉簟秋》

红藕香残玉簟秋。轻解罗裳，独上兰舟。云中谁寄锦书来，雁字回时，月满西楼。

花自飘零水自流。一种相思，两处闲愁。此情无计可消除，才下眉头，却上心头。

荷花已经凋零了，清凉的竹席宣告着秋天的到来。她解下罗衣，换上便装，独自划着小船前往荷塘。她抬头望向天边，白云舒展，谁会寄来锦书呢？雁阵南归，月光皎洁，她的愁绪笼罩在西楼之上。

花开花落，落花随水东流。一个人的相思，牵动两处的情愁。相思如此浓稠，无法排解。愁绪刚从微蹙的眉间消失，又隐隐缠绕在心头。

从天真的少女，到忧思的少妇，时光在她心中留下一道道年轮。

她的词也从语言清新、浅显易懂的小令，变成了带有些许忧愁、沉郁雅致的中调。

在和赵明诚分别的日子里，她还写下了许多名篇。

《醉花阴·薄雾浓云愁永昼》

薄雾浓云愁永昼。瑞脑消金兽。佳节又重阳，玉枕纱厨，半夜凉初透。

东篱把酒黄昏后。有暗香盈袖。莫道不消魂，帘卷西风，人比黄花瘦。

相传，赵明诚看完这首词之后，心里十分赞赏她的才华，同时也激起了男人的自尊心。

于是，他闭门谢客，花了三天时间，写了五十首词，然后将她的《醉花阴》也混在其中，邀请自己的好友陆德天来鉴赏，从中选出精妙的句子。

陆德天再三品味，最后表示“莫道不消魂，帘卷西风，人比黄花瘦”三句最好。

赵明诚一看，全是她写的，心中更是佩服。

在男尊女卑的社会，女人想要得到男人的尊敬与认可，极为不易。自从赵匡胤登基后，就有不成文的规定“不杀诤臣，不杀读书种子”。李清照虽然出身名门，但她之所以得到社会的认可，也是因为自身才华横溢。

生当作人杰，死亦为鬼雄

北宋末年的繁华与自由，让她活得自在，也给了她浪漫的爱情与美满的婚姻。

涩涩青梅的少女时代早已远去，而今虽有闲愁薄恨，但少妇的从容与幸福时常挂在脸上，因为丈夫赵明诚像一棵大树一样站在她身后，给她最温柔的呵护、最安稳的港湾。

她以为这种安稳的幸福可以天长地久，可历史拐点出现，她的生活也随之动荡起来。

靖康年间，金兵入侵汴梁，宋徽宗和宋钦宗被俘，北宋宣告灭亡。

金人的铁骑一路向南，踏破河山王都，也踏破了她的安稳与快乐。

她的才情再高，也无法熄灭战火，从此她的人生跌宕，飘零如花。

南渡之路坎坷，舟车劳顿，丈夫心爱的古玩字画，也在逃亡途中不断散落。亡国之痛，失宝之悲，重重打击让她深感哀恸，她的词风也从清秀奇丽转为沉郁悲愤。

她与丈夫途经乌江，想起当年西楚霸王项羽的英武豪迈，再想想朝廷的软弱无能，心中生出无限感慨，随即写下千古名篇《夏日绝句》：

> 生当作人杰，死亦为鬼雄。
> 至今思项羽，不肯过江东。

亡国丧宝之痛已经足够让人痛彻心扉，痛失爱侣更是让她心如死灰。

建炎三年（公元1129年），赵明诚因病逝世，留下她独自一人，膝下无儿无女。而且，赵明诚还被人诬陷以珍宝私通金人，犯下通敌叛国的重罪。

为了给他洗清罪名，她忍着丧夫之痛，一路南下，追赶朝廷。

途中遭遇强盗抢掠，金石古玩也在漫长的路途中不断散落。

兵荒马乱，路途艰险，她一人跋山涉水，却始终赶不上朝廷的步伐。

建炎四年（公元1130年），她在茫茫大海上航行，面对惊涛骇浪，写下了豪迈之语。

《渔家傲·天接云涛连晓雾》

天接云涛连晓雾。星河欲转千帆舞。仿佛梦魂归帝所。闻天语。殷勤问我归何处。

我报路长嗟日暮。学诗谩有惊人句。九万里风鹏正举。风休住。蓬舟吹取三山去。

词中意象丰富：天地迷蒙，星河流转，千帆逐浪。她在梦中仿佛到了天庭，通过与天帝的问答，痛诉心中的愤懑，表达对现实的不满，也寄寓着自己对生活的期盼与追求。

李清照后期的词作大多沉郁哀痛，这首《渔家傲·天接云涛连晓雾》是少有的豪放之作。

她心气豪迈，但长途跋涉让她疲惫不堪，丧夫之痛更让她郁积成疾。她重病在床，亲人正为她准备后事之时，一位叫张汝舟的男人闯进了她的生活。

他舌绽莲花，用巧语说服她的家人，与她在昏迷时缔结婚约。

她醒来之时，木已成舟，再多悔恨也无济于事。

他娶她，纯粹是为了她的财物，而非想共度余生。当他发现她的收藏早已所剩无几，正如她骨瘦如柴的身体，他便恼羞成怒，对她拳脚相加。

她想起自己与赵明诚举案齐眉的生活，内心失落又痛楚。

后来，她甚至发现张汝舟还有徇私舞弊、骗取官职的罪行，她忍无可忍将张汝舟告了，解除了两人的婚约。根据当时的法律，妻告夫，即便胜诉，也必须受到两年的监禁。还好有众亲友营救，她被关了九天，便被放了出来。

出狱那天，她写信给亲戚："清照敢不省过知惭，扪心识愧。责全责智，已难逃万世之讥；败德败名，何以见中朝之士……虽南山之竹，岂能穷多口之谈？惟智者之言，可以止无根之谤……"信中字字沉重，充满了她对自己名誉的担忧。

这次第，怎一个愁字了得

她前半生的时光，安稳度日，饮酒赏花，泛舟游乐。

南渡之后，国破家亡，她的人生也从明媚走向阴郁。从丧偶到离异，她在人生的起伏中尝尽悲欢离合。

这些情愫慢慢沉淀，融入她后期的作品之中。

《临江仙·庭院深深深几许》

庭院深深深几许，云窗雾阁常扃。柳梢梅萼渐分明。春归秣陵树，人客建安城。

感月吟风多少事，如今老去无成。谁怜憔悴更凋零。试灯无意思，踏雪没心情。

这首词的首句化用了欧阳修《蝶恋花》中的原句，李清照喜欢他词中"庭院深深深几许"一句，便沿用原句，采用《临江仙》这一词牌填了这首词。

深深的庭院里，云雾缭绕的楼阁上，门窗常闭，虽不深却看似很深。

柳条绿了，梅萼泛青，早春的风光如此迷人。春天回到了建康城（今江苏南京），春风也吹绿了建康城的树。她却形单影只，漂泊在外，客居建安（今福建建瓯）。

青春年少时，她也曾吟风弄月，而今老无所依，四处飘零。

元宵赏灯、踏雪而行的浪漫心情，也不见了踪影。

《声声慢·寻寻觅觅》

寻寻觅觅，冷冷清清，凄凄惨惨戚戚。乍暖还寒时候，最难将息。三杯两盏淡酒，怎敌他、晚来风急。雁过也，正伤心，却是旧时相识。

满地黄花堆积。憔悴损，如今有谁堪摘。守着窗儿，独自怎生得黑。梧桐更兼细雨，到黄昏、点点滴滴。这次第，怎一个愁字了得！

晚年时，她隐居杭州，自号“易安居士”。这一时期她创作的词作大多凄凉哀婉，以豪放之笔写悲怆之情，在词史上堪称一绝，被后世尊称为“易安体”。

《永遇乐·落日熔金》

落日熔金，暮云合璧，人在何处。染柳烟浓，吹梅笛怨，春意知几许。元宵佳节，融和天气，次第岂无风雨。来相召、香车宝马，谢他酒朋诗侣。

中州盛日，闺门多暇，记得偏重三五。铺翠冠儿，捻金雪柳，簇带争济楚。如今憔悴，风鬟霜鬓，怕见夜间出去。不如向、帘儿底下，听人笑语。

元宵佳节，绿柳如烟，落日如金。她仿佛穿越时空隧道，回到了当年繁华的汴京。

那时，她青春烂漫，自在潇洒，与好友精心打扮后，一起欢度元宵佳节。可如今她容颜憔悴，头发花白，对外界的喧嚣繁华没了兴趣，也懒得在夜晚出去见人、看灯了。

时光荏苒，历经人世悲欢，她已不愿再去碰触外界的繁华，只想守着回忆安然老去。

她将自己飘零的人生、国家的动荡，都写进了这首《永遇乐·落日熔金》中。

从北宋到南宋，她的一生跌宕起伏，明暗交替。虽然她自号“易安居士”，可她却半生飘零。幸福就像一片云，飘浮在她的天空，风一吹便消散无影。

岳飞

三十功名尘与土，八千里路云和月

两宋之交，战火燃烧了大半个中原，无数英魂埋葬在金戈铁马的历史中。

他是浴血奋战的英雄，如云间翱翔的大鹏，用翅膀托起红日，飞越八千里云和月。

传说，他出生时屋顶上正好有一只大鹏飞过，父亲岳和、母亲姚氏，便给他取名为岳飞，字鹏举，希望他长大后能够“鹏程万里，远举高飞”。

他出生后没几天，黄河流域便发大水，家乡汤阴陷入一片汪洋之中。

母亲急中生智，怀抱他坐进一口沙瓮里，漂浮于洪流之上，这才捡回了性命。

从此，岳家的日子也变得艰难起来。

父亲岳和是个忠厚的农夫，一生都在黄土地上耕耘。洪灾过后，父亲还要省下粮食救济饥民。有邻居借钱不还，父亲也不追要；还有邻居想侵占岳家耕地，父亲干脆割地给他。

父亲的忠厚品质，也一点一滴影响着小岳飞。

虽然家境贫寒，母亲却很重视对他的教育，没钱买纸笔，母亲就以沙地为纸、树枝为笔，让他在沙地上练习写字。他最喜欢读《左氏春秋》和“孙吴兵法”，最仰慕的人是诸葛孔明。

除了认真读书，学习兵法，他还苦练武艺。传说，他天生神力，能拉开强弓重弩。

少年时代，他每天必做的三件事就是劳作、读书、习武。

在农家小院中，他劳作归来，放下农具，将自创的岳家拳、岳家枪舞得风雨不透。

却归来、再续汉阳游

那时，北宋正处于内忧外患、危机存亡之际，国难当头，匹夫有责。

岳飞少年时便立志要学好武艺，保卫国家。他先是拜“陕西大侠铁臂膀”周同为师，学习骑射箭术，能左右开弓，箭无虚发。

后来，他又拜陈广为师，学习刀枪之法，武艺“一县无敌”。

靖康元年，开封城被金兵围困，宋钦宗任命康王赵构为河北兵马大元帅，召集兵马以解都城之围。岳飞应募参军，母亲在他背上刺下“尽忠报国”四个大字（后世演义为“精忠报国”）。这也成为他终生遵奉的信条。

他跟随抗金名将宗泽勇猛作战，被提升为修武郎。

他驰骋沙场，屡获战功，威名传遍大江南北。建炎三年（1129年）冬，金军攻陷建康，岳飞被迫脱离朝廷，独自转战后方，不断收编溃散的宋军、地方义军和投降的流寇，组建“岳家军”。

岳家军纪律严明、骁勇善战，令金人闻风丧胆。金军统帅只能长叹：“撼山易，撼岳家军难！”

绍兴四年（1134年），岳家军收复了襄阳六郡，形成了从川陕到淮北的抗金战线。

那年，岳飞三十二岁，被封为清远军节度使，驻兵鄂州（今湖北武昌）。但他看重的并不是功名利禄，而是为国收复中原。他登上黄鹤楼，北望中原，将一腔豪情融入词中。

《满江红·登黄鹤楼有感》

遥望中原，荒烟外、许多城郭。想当年、花遮柳护，凤楼龙阁。万岁山前珠翠绕，蓬壶殿里笙歌作。到而今、铁骑满郊畿，风尘恶。

兵安在，膏锋锷。民安在，填沟壑。叹江山如故，千村寥落。何日请缨提锐旅，一鞭直渡清河洛。却归来、再续汉阳游，骑黄鹤。

他站在黄鹤楼上，远眺中原，许多城郭在烟雾中若隐若现。

多年以前，繁华遮眼，绿柳围绕着城墙，楼阁都是雕龙砌石。万里江山，歌舞升平，一派富庶的景象。如今，战马奔腾，风尘漫漫。胡虏铁骑践踏京师，形势险恶。

士兵血洒疆场，鲜血染了敌人的战刀。百姓在战乱中丧生，尸体填满沟壑。

他只能叹息，山河依旧，田园却荒无人烟，万户萧疏。也不知道何时才能有杀敌报国的机会。到那时，他定率兵北伐，收复河洛之地。归来时，重游黄鹤楼，再续今日之兴。

这首《满江红·登黄鹤楼有感》刻画出不同的画面，以曾经的繁华与当下的战乱形成鲜明的对比，具有强烈的感染力。

他精忠报国，决心要“北逾沙漠，喋血虏廷，尽屠夷种”，爱国之心跃然纸上。

知音少，弦断有谁听

绍兴八年（公元1138年），宋金议和，宋高宗起用议和派秦桧为相，停止抗金，并且迫害主战派王庶、张戒、曾开、胡铨等人，大好的抗金形势付之东流。

岳飞听说宋金议和之事，立即表示反对，说："金人不可信，和好不可恃。"

岳飞对奸相秦桧主张议和的意图表示质疑，秦桧怀恨于心。

宋金议和达成之后，宋高宗洋洋得意，颁布大赦诏书，对文武百官进行加赏加爵。

岳飞却三拒诏书，不接受宋高宗的加爵与封赐。他说："今日之事，可危而不可安，可忧而不可贺。"还说："愿定谋于全胜，期收地于两河，唾手燕云，终欲复仇而报国。"

岳飞决意要收复中原，这给了宋高宗和秦桧当头棒喝，两人便怀恨在心。

《小重山·昨夜寒蛩不住鸣》

昨夜寒蛩不住鸣。惊回千里梦，已三更。起来独自绕阶行。人悄悄，帘外月胧明。

白首为功名。旧山松竹老，阻归程。欲将心事付瑶琴。知音少，弦断有谁听。

这首《小重山·昨夜寒蛩不住鸣》写于宋金议和时期，岳飞在元帅帐篷内诉说着自己内心的苦闷。

昨夜，他听到帐篷外寒秋的蟋蟀不断哀鸣。月色朦胧，他梦回千里之外的杀敌战场。三更时分，他站起身来，独自绕阶徘徊。四周一片静谧，一轮淡月缓缓升起。

他为家国而战，年纪轻轻便满头银发。家乡的松竹已不再苍翠，议和声阻断了他的归程。

他想将愤懑的心事付与瑶琴一曲，可高山流水知音稀，即便弹断琴弦，又有谁懂得呢？

陈廷焯在《词则·放歌集》中评论这首词："苍凉悲壮中亦复风流儒雅。"

他忠肝义胆、爱国心切，不顾个人得失，坚持抵抗到底。没有朝廷的援军，他便联络北方义军与金兵对抗，希望能收复中原大好河山。

待从头、收拾旧山河

他不顾宋高宗与秦桧的阻挠，再次出师北伐，很快收复了伊阳、洛阳、商州和虢州，随后又围攻陈、蔡地区。不过，他很快发现自己是孤军奋战，既没粮草，又没援兵。

无奈之下，他只能撤回鄂州，将满腹雄心壮志写进了千古名篇《满江红·怒发冲冠》：

> 怒发冲冠，凭栏处、潇潇雨歇。抬望眼、仰天长啸，壮怀激烈。三十功名尘与土，八千里路云和月。莫等闲、白了少年头，空悲切。
>
> 靖康耻，犹未雪。臣子恨，何时灭。驾长车踏破，贺兰山缺。壮志饥餐胡虏肉，笑谈渴饮匈奴血。待从头、收拾旧山河，朝天阙。

他满心愤慨，怒发冲冠，在急骤的雨势中凭栏眺望。四周一片辽阔，他只能仰天长叹，壮志未酬。几十年来，他所得的功名不过如尘土。他千里征战，披星戴月，远赴沙场。不要等到韶华已逝，头发花白，才悔恨叹息。

靖康之耻还未雪洗，他内心的愤慨又怎么能熄灭呢？

他只想驾驭战车，踏破敌人的营垒。他满怀壮志，打仗饿了就吃敌军的肉，谈笑渴了就饮敌军的血。他要再次收复旧日河山，朝拜故都京阙。

这首《满江红·怒发冲冠》是岳飞最有名的词作，字里行间都充满着岳飞“精忠报国”的英雄志气，词句中萦绕着浩然正气，也透露着他奋发图强、勇洗雪耻的精神。

写下《满江红·怒发冲冠》后，岳飞重整旗鼓，率领岳家军，再次北伐。

在中原，岳家军得到人民和义兵的鼎力支持，士气高涨，势如破竹。

他亲自率领一支轻骑，在河南郾城与金兀术的一万五千精骑激战。

岳家军名不虚传，将士个个勇猛，他们抱着“守死无去”的战斗作风，将金兀术的军队打得落花流水。金兀术带兵逃跑，岳飞一路追击。

郾城告捷之后，岳飞乘胜向朱仙镇进军，此地距离被金军占领的汴京仅四十五里。

岳家军一路北伐，先后收复颍昌、蔡州、陈州、郑州、郾城、朱仙镇等地，有力地打击了金军主力。金军无力阻挡，军心涣散，金兀术也准备从汴京撤离。

南宋的抗金战争迎来了春天，如果继续北伐，沦陷十几年的中原便有望收复。

岳飞振臂大呼：“直抵黄龙府，与诸君痛饮尔！”

没想到，就在岳家军胜利在望之时，却遭到南宋朝廷内部议和派的阻挠。

天日昭昭，天日昭昭

宋高宗担心岳飞收复中原之后，金人释放哥哥赵桓回朝，自己皇位不保，于是更加急切地想要议和。金人内奸秦桧也利用了宋高宗的“心病”，不断阻挠。

两人狼狈为奸，先是撤回东、西两路援兵，使岳家军陷入孤立无援的境地，之后又连下十二道金牌，以“孤军不可久留”为名，命令岳飞班师回朝。

岳飞明知这是昏君与内奸的阴谋，却又不得不为了保存抗金实力而班师回朝。

他愤慨激昂地说道：“十年之功，废于一旦！所得诸郡，一朝全休！社稷江山，难以中兴！乾坤世界，无由再复！”自此，南宋的抗金伟业被迫中止。

岳家军撤离时，中原的老百姓含泪送别。岳飞为了保护老百姓的生命安全，便假称明日渡河，吓得金兀术连夜弃城北窜，准备北渡黄河。

这样，岳飞得以将河南的大批老百姓迁至襄汉一带，然后才撤离中原。

岳飞刚回到临安城，就被秦桧等人设计陷害，关进大理寺的风波亭之中，随后被杀害于此。岳飞的儿子岳云、部下张宪也被腰斩于市门。这年，岳飞才三十九岁。

风波亭惨案不仅是时代的不幸，更是历史的悲哀和正义的屈辱。刀剑的寒意未消，热血依旧沸腾，风刀霜剑的寒冬过去了，迎春花在高墙边悄然绽放。

岳飞父子和岳飞部下的惨死，激起了老百姓和抗金军队的愤怒。

抗金将士韩世忠当面质问秦桧，秦桧支支吾吾地说：“其事体莫须有……”

韩世忠反驳道：“‘莫须有’三字，何以服天下？”

一代英豪，抗金名将，就这样含冤而亡，死在“莫须有”的罪名之下。

他在供状上只留下“天日昭昭，天日昭昭”八字绝笔。

天日昭昭，山河犹记，壮怀激烈。

陆游

当年万里觅封侯，匹马戍梁州

北宋宣和七年（公元1125年），陆游生于越州山阴（今浙江省绍兴市）的名门望族。他的祖父官至尚书右丞，著有《春秋后传》《尔雅新义》等陆氏家学。他的父亲精通诗文，北宋末年出仕，因主张抗金，受到主和派的排挤，后居家不仕。他的母亲是北宋宰相唐介的孙女。

他人生的开始，也是北宋沦亡的开端，所以日后他才会感叹“我生学步逢丧乱”。

陆游刚出生不久，家人便带着他南渡。国家覆灭，举家逃亡，一路战火，他幼小的心灵也受到极大的触动。他自幼便立志“北伐”，希望长大后能保家卫国。

陆游自幼聪颖，十二岁便能吟诗作词，成年后更是满腹才华。

陆游的仕途不平坦，一生几经宦海浮沉，内心却始终不忘国仇家恨。

《示儿》

死去元知万事空，但悲不见九州同。

王师北定中原日，家祭无忘告乃翁。

这首家喻户晓的七言绝句，是陆游的绝笔诗。

幼年种下的北伐种子，早已在他心中长成参天巨树。他的作品、他的经历、他的理想，都是这棵巨树上的枝枝蔓蔓，以至于他在逝世前还不忘光复旧国的理想。

逢人问道归何处，笑指船儿此是家

绍兴二十三年（公元 1153 年），陆游进京参加科考，他的文风潇洒狂放，深受主考官的赏识，被取为第一。秦桧之孙秦埙位于陆游之下，秦桧得知后，一怒之下，便欲降罪主考官。

第二年，陆游参加礼部复试，秦桧指示主考官，不得录取陆游。

陆游遭秦桧嫉恨，前途受阻，直到秦桧因病去世，他才有机会步入仕途。

绍兴三十二年(公元1162年),宋孝宗登基,任命陆游为枢密院编修,并赐进士出身。

隆兴二年（1164 年），南宋将与金国签订第二条屈辱和约，陆游一次次上疏给宋孝宗，讨论如何重整旗鼓、如何抗金北伐、如何光复中原等问题。

北宋灭亡几十年，南宋的政局方才稳定，北伐的声音愈发稀少，议和的声音却始终没有断过。他不断上疏抗金，搞得宋孝宗左右为难。

这时，有人说他私结党羽，怂恿北伐都督张浚用兵。宋孝宗一怒之下便将他贬了。

《鹧鸪天·懒向青门学种瓜》

懒向青门学种瓜。只将渔钓送年华。双双新燕飞春岸，片片轻鸥落晚沙。

歌缥渺，橹呕哑。酒如清露鲊如花。逢人问道归何处，笑指船儿此是家。

他不愿意在长安城附近学汉初的邵平，在青门外种瓜，一心只求回家过上渔钓的闲适生活，安度余生。成双成对的新燕在青草河畔飞翔，一群群鸥鸟穿过夕阳落在沙滩上。

桨声与歌声融合，美酒配上美食，生活真是有滋有味啊！

假如有人问他将去何方？他会指着渔船回答：“那就是我的家啊！”

这首词是陆游被贬官归家后不久写下的，表面上写自己闲居生活的怡然自得，其实暗含被贬归家后的无可奈何。他想学古人那样在闲居种瓜，在打鱼垂钓中度过美好的时光。

后世有人评论他的这首词“清丽处如秦观，雄健处似苏轼”。“双双新燕，片片轻鸥”有秦淮海的细腻，“懒学种青瓜，渔钓送年华”又有苏东坡的豪迈。

若生活能够少些坎坷不平，也许他能成为一位优秀的田园诗人。

然而，生活总不尽如人意，残酷的现实终让他的“小船”驶向惊涛骇浪之中。

鬓虽残，心未死

赋闲四年后，朝廷又召他做夔州通判。

在夔州待了两年，他又被调往四川宣抚使王炎幕下任职，负责大散关一带的巡逻。

他将去的大散关是川陕地区的交通要道，战略位置极其重要。大散关一边是南宋前线的驻军，另一边便是长安城，是沦陷的中原。

他已经年近五旬，可抗金前线的真实生活、挥师北伐的激动心情还是让他无比慷慨激昂。

《谢池春·壮岁从戎》

壮岁从戎，曾是气吞残虏。阵云高、狼烟夜举。朱颜青鬓，拥雕戈西戍。笑儒冠、自来多误。

功名梦断，却泛扁舟吴楚。漫悲歌、伤怀吊古。烟波无际，望秦关何处。叹流年、又成虚度。

这一次，他离自己的理想那么近，仿佛报效国家、收复失地的心愿就要实现了。然而，朝廷却突然否决了北伐的计划，将幕府解散，将王炎调回京城。他的梦想随之化为泡影。

《夜游宫·记梦寄师伯浑》

雪晓清笳乱起。梦游处、不知何地。铁骑无声望似水。想关河，雁门西，青海际。

睡觉寒灯里。漏声断、月斜窗纸。自许封侯在万里。有谁知，鬓虽残，心未死。

雪天破晓，角声四起，他的梦里都是边关风情。骁勇的战士激流勇进。金人占领了雁门以西和青海边境。失去的山河，还有收复的一天吗？

他醒来时，寒灯已灭，骤雨声停，晓月斜照在窗纸上。

这年冬天，他怀着巨大的失落告别了军旅生活，被派往蜀中任闲职。

挥师北伐的雄心壮志，收复山河的满腔热血，“鬓虽残，心未死”的痛苦与挣扎，恐怕无人知晓。

北伐被取消，对于他的打击是巨大的。他心中北伐的种子，早已长成参天大树。他把铁骨给了山河，血液中流淌的都是收复失地的雄心。即使被调任闲职，他仍不断上疏，建议朝廷出兵北伐，只是他的意见从没有被采纳过。

此生谁料，心在天山，身老沧洲

宦海浮沉，陆游的年纪也越来越大。朝廷在“处理”这样的官员时，会给予一定的优待，于是让他管理一座庙宇，庙宇的收入就是他的俸禄。在这之后的很多年，他就靠着“奉祠”维持生计。

有人说他“狂放”，他索性自号“放翁”，在蜀中过起了悠闲自乐的生活。

《鹊桥仙·一竿风月》

一竿风月，一蓑烟雨，家在钓台西住。卖鱼生怕近城门，况肯到、红尘深处。

潮生理棹，潮平系缆，潮落浩歌归去。时人错把比严光，我自是、无名渔父。

清晨出去，钓一竿迷蒙风月；傍晚归来，笼一蓑霏霏烟雨。

他也想变成一位无名的渔夫，弃绝红尘，退隐江湖，日日以捕鱼为生。

在蜀中待了九年，他已经五十四岁，银发爬满了鬓角。

宋孝宗再次召见他，他终于可以回归故乡了。

然而，回到朝廷不久，他便发现心中念念不忘的北伐壮志变得无望了。

绍熙元年（公元1190年），宋光宗即位，陆游再次被主和派攻击“喜论恢复”。

朝廷以“嘲咏风月”之名将他罢免。他愤而离京，将自己的住宅命名为“风月轩”，表达自己内心的不满。从此，年近七旬的他开始了隐居生活。

《诉衷情·当年万里觅封侯》

当年万里觅封侯。匹马戍梁州。关河梦断何处。尘暗旧貂裘。
胡未灭，鬓先秋。泪空流。此生谁料，心在天山，身老沧洲。

当年，为了建功立业，他不远万里赶赴边疆。而今，戍守边疆的军旅生活，恐怕只能在梦中实现了。梦醒时，不知身在何处，只见当年出征的貂裘已落满灰尘。

胡人还没有消灭，鬓角却已斑白，他独自流下感伤的眼泪。他的人生谁能预料呢？本来一心一意在天山抗敌，无奈却只能老死沧洲。

他的经历坎坷，才华却十分出众，文史兼通，可诗可文，还能编修国史。

他壮志未酬，未能收复失地是他毕生的遗憾。他的雄心壮志，如傲雪的寒梅，坚贞不屈。

《卜算子·咏梅》

驿外断桥边，寂寞开无主。已是黄昏独自愁，更著风和雨。
无意苦争春，一任群芳妒。零落成泥碾作尘，只有香如故。

日近黄昏，梅花盛放，凄风苦雨一阵阵袭来。它无意争春，也不想被百花妒忌。哪怕花瓣纷纷落地，粉身碎骨变为尘泥，它也要将清香留在这世间……

他爱梅，也像梅花一样，在人生的黄昏时分，仍旧傲立于霜雪之中。

南宋嘉定二年（公元 1210 年），八十六岁高龄的他，带着无尽的悲愤离开了。

一怀愁绪，几年离索

这一生，陆游将自己的铁骨都给了山河，柔情又给了谁呢？

大约二十岁时，陆游与舅父唐闳的女儿唐婉（也就是自己的表妹）成婚（后世有学者认为二人不是表兄妹）。两人青梅竹马、情投意合。唐婉文静娴雅，饱读诗书，诗词水平不在陆游之下。婚后两人更是琴瑟和鸣，生活幸福美满。

然而，唐婉的才华横溢和陆游对她的喜爱引起了陆母的不满。陆母严厉专横，她认为唐婉是红颜祸水，陆游沉迷于温柔乡会影响仕途。

后来，陆母便以生育为由棒打鸳鸯，让陆游休妻再娶。陆游心中不舍，却无法忤逆母亲，只好表面应允，暗地将唐婉安置别处。

可惜，如此安排不久便被陆母察觉到了，陆游无奈，只得顺从母亲的意思，休妻再娶。

新妻王氏低眉顺眼，很合陆母的心意，且不久后便给陆家生下了一个儿子。

唐婉离开陆游后，在家人的安排下嫁给了同郡皇族后裔赵士程。他温柔宽厚，欣赏她的才华，同情她的遭遇。新的生活开始了。

多年后，陆游参加礼部会试，再次失利。春暖花开，他漫步到禹迹寺的沈园，适逢赵士程夫妇出游。

红尘滚滚，物是人非，两人久久对望，仿佛隔着千山万水。

陆游心中怅然若失，随即在沈园的墙壁上题词一首：

《钗头凤·红酥手》

红酥手。黄縢酒。满城春色宫墙柳。东风恶。欢情薄。一怀愁绪，几年离索。错错错。

春如旧。人空瘦。泪痕红浥鲛绡透。桃花落。闲池阁。山盟虽在，锦书难托。莫莫莫。

光阴流转，他和她都有了新的生活。一切都不可回头，一切都已成定局。

如今两人目光交融，却都感觉恍惚迷茫，不知眼前之景是梦是真。

在征得赵士程同意后，唐婉向陆游敬了一杯酒。那纤细的手，那温暖的酒，那水榭外的柳丝，都勾起了陆游的萧索心事。曾经的海誓山盟，如今咫尺天涯，一切如梦似幻。

后来，唐婉重游沈园，偶然间瞥见陆游的题词。她在字句间读到了他对往昔的眷恋，往昔的美好时光也浮现在她的眼前，她不禁心潮起伏，泪湿衣衫，便提笔和词一首。

《钗头凤·世情薄》

世情薄。人情恶。雨送黄昏花易落。晓风干。泪痕残。欲笺心事，独语斜阑。难难难。

人成各。今非昨。病魂常似秋千索。角声寒。夜阑珊。怕人寻问，咽泪装欢。瞒瞒瞒。

而今旧梦已逝，两人咫尺天涯，她也身染重病。秋千萧索，夜风寒冽，她听着远方的号角声，夜将明，她也将永逝了吧？她害怕身边的人担心，所以忍着泪水，强颜欢笑。

她是一位重情重意的女子，她感激赵士程给了她感情上的慰藉，也感激陆游对那段刻骨铭心的爱情的念念不忘。她的词比陆游的词更为凄凉，情更浓。

唐婉日渐憔悴，不久便抑郁而终了。她化成一片落叶，随着萧瑟的秋风流逝，《钗头凤·世情薄》也成了她的绝命词。

陆游走出沈园之后，往事都随风而逝。她却将自己的爱与心，永远留在了那里。

沈园旧梦

时光转瞬即逝，他的心中满是山河，他将爱情藏在心底，然后为山河复兴努力一生。

七十五岁那年，他再次来到沈园，见壁上题词，不由悲从中来。沈园之内，草长莺飞，一如往昔。他独自走在幽径之上，追忆曾经的美好时光，提笔写下怀旧诗两首：

《沈园二首》其一

城上斜阳画角哀，沈园非复旧池台。

伤心桥下春波绿，曾是惊鸿照影来。

《沈园二首》其二

梦断香消四十年，沈园柳老不吹绵。

此身行作稽山土，犹吊遗踪一泫然。

春光依旧灿烂，柳绿桃红，鸟语花香，她的影子也是那样的清晰。

那次邂逅，她的玉手红袖，羞怯的姿态，不忍离去的步履，他都清楚记得。

如今，她已香消玉殒四十年了，自己也即将化为一抔黄土。回忆往昔，他仍泫然欲泣。

八十一岁那年，他梦游沈园，又赋诗两首：

《十二月二日夜梦游沈氏园亭》其一

路近城南已怕行，沈家园里更伤情。

香穿客袖梅花在，绿蘸寺桥春水生。

《十二月二日夜梦游沈氏园亭》其二

城南小陌又逢春，只见梅花不见人。

玉骨久成泉下土，墨痕犹锁壁间尘。

八十五岁那年春天，他突然觉得身心愉悦，无比轻快，原打算上山采药，结果体力不支，便折往沈园。此时，沈园经过一番修葺，景观大多恢复原样，往事再次朝他扑面而来。

他老泪纵横，提笔写下最后一首沈园情诗：

《春游》

沈家园里花如锦，半是当年识放翁。

也信美人终作土，不堪幽梦太匆匆。

不久，他便溘然长逝了。他和唐婉的爱情故事，随着两首《钗头凤》流传至今。

《钗头凤》这一词牌原名《撷芳词》，后因有“都如梦，何曾共，可怜孤似钗头凤”一句，故称《钗头凤》。

朱熹

等闲识得东风面，万紫千红总是春

少年天才并不少见，“曹冲称象”“孔融让梨”“司马光砸缸”，都是我们耳熟能详的故事。

南宋理学家朱熹也是一位少年天才。朱熹刚会说话之时，父亲朱松指着天空告诉他：“这是天。”普通牙牙学语的孩子，可能只会奶声奶气地附和着发出“天”的声音。朱熹却想了想，反问父亲：“天上有何物？”这让他的父亲又惊又喜。

入学后，老师教他学《孝经》，他看了一遍就在书上写道：“不若是，非人也！”

老师对朱熹的领悟能力很是赞赏，断言他长大后必定大有作为！他喜欢读圣人典籍，并立志要成为圣人，他说过：“某十岁时，读《孟子》，至圣人与我同类者，喜不可言。”

有一次，他和小伙伴在沙地上玩耍，小伙伴都用沙子盖城堡什么的，他却蹲在沙地上画画。父亲走过去一看，顿时欣喜万分，原来他画的是一幅八卦图。

朱熹年纪轻轻便通身灵气，在成长过程中，不时地显露出自己天赋异禀。

醒似醉多情，情多醉似醒

成年后的朱熹仕途坎坷，一生为官四十几年。他十九岁考中进士，曾经做过江西南康知府、福建漳州知府、浙东巡抚等，为官清廉，刚正不阿。他做过的最大的官，便是焕章阁侍制兼侍讲，专门为当朝皇帝宋宁宗讲学，所以又被称为“帝师”。作为四朝老臣，他曾三次出山。

第一次出山，是百姓向他举报台州知府唐仲友。经过多番调查，他认定唐仲友奸淫掳掠、为祸一方。然而，唐仲友与宰相王淮关系密切，王淮向宋孝宗汇报，说朱熹与唐仲友只是“秀才争闲气”，瞬间转移了矛盾焦点。朱熹多次上奏弹劾，唐仲友虽最终丢官，但朱熹也被指目的不纯，改命他职。他得知内情之后，便上疏请辞，批文未到，他便拂袖而去了。

第二次出山，他又与兵部侍郎林栗意见相左。

第三次出山时，他被百姓吴禹圭举报。宋孝宗认为他推行的政策不完善，于是搁置了……

人生几十年，他在官场上受到排挤和诬陷，几次请辞，几度起用。他仕途多舛，纵有天才之智，也无法胜过造化弄人。

当然，天才自有闪耀之处，虽然他在仕途上不顺，可在文史方面成就斐然。他擅写回文词，每两句互为颠倒，读来自然和谐，意境深远，可见他的语言驾驭能力非同寻常。

《菩萨蛮·次圭父回文韵》

暮江寒碧萦长路。路长萦碧寒江暮。花坞夕阳斜。斜阳夕坞花。

客愁无胜集，集胜无愁客。醒似醉多情。情多醉似醒。

《菩萨蛮·晚红飞尽春寒浅》

晚红飞尽春寒浅。浅寒春尽飞红晚。尊酒绿阴繁。繁阴绿酒尊。

老仙诗句好。好句诗仙老。长恨送年芳。芳年送恨长。

除了回文词，他还善写隐括词。所谓隐括词就是在原词内容不变的情况下，将其改写成另一种体裁。

他曾写过一首《水调歌头·隐括杜牧之齐山诗》，隐括了杜牧的《九日齐山登高》。杜诗意境旷达感伤，在他的词中脱胎换骨，显露出清爽豪迈之感。

《水调歌头·隐括杜牧之齐山诗》

江水浸云影，鸿雁欲南飞。携壶结客，何处空翠渺烟霏。尘世难逢一笑，况有紫萸黄菊，堪插满头归。风景今朝是，身世昔人非。

酬佳节，须酩酊，莫相违。人生如寄，何事辛苦怨斜晖。无尽今来古往，多少春花秋月，那更有危机。与问牛山客，何必独沾衣。

一江春水融化了天光云影，万里长空之上，鸿雁南飞。他带上酒壶，与客人登高望远，满眼空蒙山色、缥缈烟霏。人世间难得欢颜，还好有紫色的茱萸、黄色的秋菊，他能插在头上，自娱自乐。可惜，风景还是往年的风景，人却早已不再是往昔的人了。

重阳佳节，他唯有喝到酩酊大醉，才能不辜负这大好时光。人生短短一世，何必寻愁觅恨怨东风呢？古往今来，春花秋月，无限生机。你去问问齐景公，何必泪沾衣襟呢？

朱熹在这首词中表达了绵延的时空与生命乐趣的互相融会。天、地、人本是一体，宇宙万物息息相关，又生生不息。这是他的哲学世界，也是他的人生境界。

明代学者薛瑄在《读书续录》中说："其隐括杜牧之九日齐山登高诗《水调歌头》一阕，气骨豪迈则俯视苏辛，音韵谐和则仆命秦柳，洗尽千古头巾俗态。"这是在说朱熹这首词，在气度上超过苏轼和辛弃疾，在音律上超过秦观和柳永，可见其词作水平之精妙。

落日照楼船，稳过澄江一片天

朱熹一心想成为圣贤之人，也十分欣赏圣贤之人。他奉命从建阳到泉州同安县任职时，途经莆田，前往夹漈草堂拜访贤才郑樵。郑樵年过半百，一生不应科举，刻苦力学，博览群书。他见到朱熹后，以礼相待。

用餐时，桌上仅有一碟盐和一碟姜。朱熹的书童见状，心中闷闷不乐。餐后，朱熹拿出自己的手稿，请郑樵品读指正。郑樵恭敬地接过手稿，放在桌上，然后燃起一炷香，室内顿时弥漫着阵阵芳香。

这时，一阵山风吹进屋内，将朱熹的手稿一页一页掀开。郑樵静立不动，仿佛被山风吹醉了似的。山风过后，他缓缓转过身子，将手稿还给朱熹。

两人促膝而坐，宇宙山河，古往今来，畅谈几日。遇见知己，朱熹十分开心，还写联留念："云礽会梧竹，山斗盛文章。"

离开夹漈草堂时，书童满脸不悦地说："这个老头也算贤才吗？他对先生如此无礼，无酒无肴，仅一碟盐一碟姜，真是太寒酸了。"

朱熹笑着说："盐出自海，姜出自山，尽海尽山，这不是大礼吗？"

书童反驳道："先生的手稿，他都没有认真过目……"

朱熹说："你没有看到吗？我将手稿给他时，他燃起一炷香，这就是尊重啊！山风吹开稿页，他便将手稿看完了。他和我谈了不少，还能背出手稿中的原句，实在让人钦佩！”

书童又道：“先生远来拜访，今日辞去，他竟连送也不送……”

朱熹笑道：“他将我们送到草堂门口，就已经尽礼了。时光宝贵，读书人更珍惜时间啊！”

两人谈话间，一只五色雉鸟从草丛中倏忽而起，飞过两人头顶。两人回头，只见郑樵还站在草堂门口，保持之前的送客姿态，手中还拿着一本书。

朱熹对书童说：“你看，他还站在草堂门口，送客不忘读书，真是一位大贤人啊！”

离别总让人怅然若失，这次离别却让朱熹若有所得。与贤才谈话总能生出哲理的火花。他享受这样的交流，仿佛博览群书，踏遍万水千山。

《南乡子·次张安国韵》

落日照楼船。稳过澄江一片天。珍重使君留客意，依然。风月从今别一川。

离绪悄危弦。永夜清霜透幕毡。明日回头江树远，怀贤。目断晴空雁字连。

落日的余晖照在江面上，远去的船驶到了天边。与君一别，不知何日再相见，此后风月依旧，却隔着无限的山川。愁绪悄悄攀上琴弦，午夜的清霜打湿了毡被。

明日回首，江水悠悠，烟树已远，心里始终念着圣贤之才，却只能望着晴空之上的鸿雁。

永弃人间事，吾道付沧州

朱熹的文学成就卓越，不过他更多的精力还是用在研究“理学”方面。

他被称为孔子之后的大儒。到了明清时期，他的“理学”思想被广泛改进与使用，甚至成为统治全社会的“道学”。

不过，在南宋，他的思想并未得到完全的认可，影响力远不及后世。

他曾是宋宁宗的老师，假如他想潜移默化地影响皇帝，让自己的思想得到推行，也不是不可能的事情。只是他每次上疏都会戳中皇帝的痛处，不是提出时弊，就是宣扬君主要勤修道德。

《西江月·睡处林风瑟瑟》

睡处林风瑟瑟，觉来山月团团。身心无累久轻安。况有清池凉馆。

句稳翻嫌白俗，情高却笑郊寒。兰膏元自少陵残。好处金章不换。

他追求的是“林风习习，明月朗照”，希望生活在“林池互影，清凉舒适”的环境。

他自诩“句稳”“情高”“金章不换”，写诗作词也追求字句朴实，不失少陵（杜甫）之风。

皇帝当然不吃他这一套，还时常因为他的言行而恼怒。不久，朱熹就失去了“帝师”的身份。他的“德行”也不被认可，后来他所提倡的道德甚至被说成了“伪道学”。

他经济拮据，幸好他的“高标准”只放在道德层面，对物质生活的要求并不高，“箪瓢屡空，晏如也”，哪怕每天只是粗茶淡饭，也可以吃得开心，活得滋润。这种乐观豁达的心态，在他的词里也体现得淋漓尽致。

《水调歌头·富贵有馀乐》

富贵有馀乐，贫贱不堪忧。谁知天路幽险，倚伏互相酬。请看东门黄犬，更听华亭清唳，千古恨难收。何似鸱夷子，散发弄扁舟。

鸱夷子，成霸业，有馀谋。致身千乘卿相，归把钓渔钩。春昼五湖烟浪，秋夜一天云月，此外尽悠悠。永弃人间事，吾道付沧洲。

在这首词中，朱熹说出了自己的生活理想——“富贵有馀乐，贫贱不堪忧”，即拥有富贵会让人开心，生活清贫也无所忧虑。他又说出了自己的政治理想——“致身千乘卿相，归把钓渔钩”。

“鸱夷子”指的是范蠡，他有帮助越王勾践达成霸业的能力，也有毅然乘舟归隐的闲情。范蠡的智慧与洒脱，让后人无比钦佩，朱熹也是其中之一。

丞相功成千载，映黄流清澈

他还记得八岁那年，父亲朱松在朝为官，他跟随父亲来到临安。

临安的秀丽美景，文人墨客的豪放，朝中大臣的风采，都在朱熹幼小的心灵中留下不可磨灭的印象。目睹了主和派与主战派的激烈斗争，他也希望国泰民安，破碎的山河能够收复，百姓能够安居乐业。

《好事近·春色欲来时》

春色欲来时，先散满天风雪。坐使七闽松竹，变珠幢玉节。

中原佳气郁葱葱，河山壮宫阙。丞相功成千载，映黄流清澈。

春光照耀大地之前，必先散落漫天风雪。只有高风亮节的松竹，才能成为天子的符节。

国家的气运来自郁郁葱葱的山林，宫阙的壮伟源于山河统一。那些功成名就的王侯将相，悠悠千载仍旧被人铭记。他们品德高尚，就算倒映在黄河中也无比清澈。

绍兴八年（公元1138年），秦桧主持宋金议和，枢密院胡铨上疏反对议和，并恳请杀秦桧以壮国威。最后胡铨被罢免。朱熹的父亲朱松心有不甘，联合主战人士联名上疏反对议和，可最终没能阻止议和协议的签署。虽然父亲等人的抗争以失败告终，但主战派的凛凛风骨，却影响了朱熹的一生。他为官数十年，只要有机会必定上疏主战，反对议和。

可惜，直到庆元六年（公元1200年）朱熹去世，他也没能实现自己的夙愿。当他忆起少年往事，只留下一声叹息。几十年的时光匆匆而逝，历史的云烟也渐渐散去，当年的战事已变成史书上单薄的记载。他的形象，同样在历史的评说中渐渐模糊了最初的模样。

他生前致力于教育事业，孜孜不倦地讲学，在教育思想和实践上都有着巨大贡献。他亲手创办同安县学、武夷精舍、考亭书院，还重建了白鹿洞书院。

而今，他虽早已魂归天宇，但他的《四书章句集注》流传千古，白鹿洞书院犹存，那些富有哲思的诗词，犹在耳畔回荡。

朱淑真

独行独坐，独唱独酬还独卧

南宋有一位女词人，她的生卒年无人知晓，闺阁事迹不详，婚姻与爱情状况也不详。她像个谜团，在风雨飘摇的南宋，没有谁在意，也没有谁怜惜。

她的名字叫朱淑真，才华不逊于李清照。如果她没有留下无数清婉缠绵的诗词，人们或许早已将她遗忘，时光也将带走她的痕迹。

在她魂归天宇后，双亲几乎将她的作品焚烧殆尽，幸好还有人倾慕她的才华，喜欢她的作品。这个人名叫魏仲恭，他费尽心血，将她的残作整理成《断肠集》，并为她写序。

与她同时代的李清照，一生的记载是那样详尽，可同样才气逼人的她，却鲜有人知。李清照的词清丽典雅、情调感伤；她的词则更像一座欲喷薄而出的火山，情浓意深。她能诗善词，书画同样精妙，后人称她为“红艳诗人”。

把酒送春春不语，黄昏却下潇潇雨

她如云中之龙不见首尾，但后人根据她留下的传世作品，从中窥探她的生活剪影，勾勒出她的人生片段。

南宋初年，她出生于官宦之家，自幼聪颖，精通文史，能诗善画，才貌双全。她家庭环境优越，生活无忧无虑，天真烂漫、率性自由。与普通闺阁女子一样，少女时期的她也满心春愁，哀红伤绿。

《蝶恋花·送春》

楼外垂杨千万缕。欲系青春，少住春还去。犹自风前飘柳絮。随春且看归何处。

绿满山川闻杜宇。便作无情，莫也愁人苦。把酒送春春不语。黄昏却下潇潇雨。

小楼外垂杨万缕，她想要系住大好青春时光。春天稍作停留，终究离去了。柳絮随风飞舞，仿佛要随着风去寻找春天的归宿。

暮春之时，草长花落，鲜绿覆满山川，杜鹃声声鸣叫。即便杜鹃无情，仍旧为人愁苦。她把酒敬春，春天却依然沉默离去，只是在黄昏时分，落下漫天微雨。

农历三月末，古人有“把酒送春”的习俗，表示与春天离别，也与春天约定明年再相见。朱淑真敏锐地感受到春将归去的消息，将惜春之情与怜惜自己韶华易逝的感慨结合。少女的心事在明媚的春光中徐徐展开，细腻如黄昏时的细雨，点点滴滴都是青春的怅惘。

她个性率真，热情奔放。她曾写过一首词，描写女子与心爱之人幽会的情景，被当时的道学家斥为放荡之作，而后世的词学家却对这首词表示赞赏，认为她明艳率真，不输李清照的词作。

《清平乐·夏日游湖》

恼烟撩露，留我须臾住。携手藕花湖上路，一霎黄梅细雨。

娇痴不怕人猜，随群暂遣愁怀。最是分携时候，归来懒傍妆台。

她与心爱之人携手游湖，湖中的荷花开得美艳，天空却突然下起黄梅雨。

她娇痴的情怀不怕人猜度，尽情地倾诉心中的烦闷。分别的时刻又到了，她依依不舍，回家后慵懒地倚靠着梳妆台。

幽会时的甜蜜，离别后的不舍与落寞，都跃然纸上。后世很多学者都认为，这首词描写的是朱淑真的亲身经历——在美好的青春岁月里，她曾有过一位心爱的恋人，只不过因为某些原因他离开了她，所以她才会写出那样真挚、忧伤的句子。

后人评价李清照那句“眼波才动被人猜”，写得矜持绝妙；而朱淑真这句“娇痴不怕人猜”，写得直率可爱、热情大胆。

然而，因为她的语言过于直白大胆，也惹来不少非议。南宋时期，社会风气逐渐不如北宋时开放，一些道貌岸然的道学家斥责朱淑真“有失妇德”。

人怜花似旧，花不知人瘦

流言蜚语让朱淑真的父母不堪重负，为堵他人之口，父母匆匆将她嫁掉。

有人说婚姻就像一把伞，能为人遮风挡雨，使人免受风雨侵袭。

然而，她的婚姻却并不幸福。丈夫是一位小官吏，与她志趣不合。她也只求平常幸福便可。既然两人已结为夫妻，就应携手走过人生的风雨。

婚后，她随丈夫宦游于吴越荆楚之间，她也曾对丈夫抱有很大期望，但最后都落空了。她是才女，心中都是诗情画意；他是地方小吏，心中只有小财小利。三观不合，相处起来也心力交瘁。最后她便独自一人回到家乡，守着寂寞度日。

她曾给丈夫寄过信，信上空无一字，都是圈圈点点。

丈夫看后不解其意，又在无意间看到了夹在其中的蝇头小楷，竟是她写的《圈儿词》：

> 相思欲寄无从寄，画个圈儿替。话在圈儿外，心在圈儿里。单圈儿是我，双圈儿是你。你心中有我，我心中有你。月缺了会圆，月圆了会缺。整圆儿是团圆，半圈儿是别离。我密密加圈，你须密密知我意。还有数不尽的相思情，我一路圈儿圈到底。

丈夫轻声读完这首词，顿悟失笑，次日清晨便启程回了家乡。

可见，她和丈夫之间还是有一些欢愉的，所以她也曾对丈夫抱有期望，还专门写诗勉励丈夫，希望他胸怀大志，建功立业：“美璞莫辞雕作器，涓流终见积成渊”“鸿鹄羽仪当养就，飞腾早晚看冲天”。

可惜，丈夫喜新厌旧，对她的爱也慢慢减少了。丈夫辗转宦游，一心钻营仕途，搜刮百姓钱财，公事之余还在妓院厮混，对她不管不顾。她开始将自己的愁绪寄托在诗词中。

《愁怀》

鸥鹭鸳鸯作一池，须知羽翼不相宜。
东君不与花为主，何以休生连理枝。

本来就不是同路之人，何苦要结为连理呢？破碎的婚姻让她痛苦万分，她看透了那些卫道士可憎的面目，所谓“嫁鸡随鸡，嫁狗随狗”，婚姻也只是束缚女性自由的牢笼罢了。

《黄花》

土花能白又能红，晚节犹能爱此工。

宁可抱香枝上老，不随黄叶舞秋风。

她再也无法忍受世俗礼教，开始在诗词中倡导女性的独立。她以菊自喻，托物言志，“宁可抱香枝上老，不随黄叶舞秋风”表明了她对独立人格的追求和对封建礼教的抗争。

《减字木兰花·春怨》

独行独坐。独唱独酬还独卧。伫立伤神。无奈轻寒著摸人。

此情谁见。泪洗残妆无一半。愁病相仍。剔尽寒灯梦不成。

她独自行走，独自生活，独自吟唱，独自饮酒，独自入寝。在百无聊赖中，面对清寂的寒灯，她用细瘦的手指，剥落点点灯花。她也想安然入睡，做一场繁花似锦的春梦。

梦中，她还能遇见那个心心相印的爱人。可长夜漫漫，她却无心睡眠，只能强忍寂寞。

深夜里陪伴她的，只有孤灯寒星，只有窗棂上的银白色的月光。

《菩萨蛮·山亭水榭秋方半》

山亭水榭秋方半。凤帏寂寞无人伴。愁闷一番新。双蛾只旧颦。

起来临绣户。时有疏萤度。多谢月相怜。今宵不忍圆。

山上的亭子依稀可见，水边的楼台尽收眼底。寂寞的她独自躺在帷帐之中，无人陪伴。孤寂就像缀满天际的流星，总在夜深人静的时候悄然落下。她的双眉上还是旧愁，心中又增添了新愁。相思无奈，锦书难寄，她的心儿是一片冰凉、一片空蒙。

还好明月爱怜她，不忍在这样的夜晚变得圆满，月光下还飞过形单影只的流萤。

《菩萨蛮·咏梅》

湿云不渡溪桥冷。娥寒初破东风影。溪下水声长。一枝和月香。

人怜花似旧，花不知人瘦。独自倚阑干，夜深花正寒。

花自无情，人却有感，“人怜花似旧，花不知人瘦”。韶华易逝，欢颜如花，旧梦斑驳。

而今繁华尽收，花残人瘦，她只能独倚栏杆，嗅着清寒的花朵。

天易见，见伊难

生活给了她沉重的打击，她想反抗，又觉得自己不过如蚍蜉撼树。

她的心里始终忘不了的是那段携手游湖的往事，那个在细雨中给她无限温柔的男子。他才是她的伞，才是她最钟意的情郎。

那份甜蜜的回忆，随着时光流转，在残酷现实的对比下显得越来越美好。

在诗词中，她反复描写自己的孤独与伤痛。晓窗月凉，花深露寒，长夜无尽。

《江城子·赏春》

斜风细雨作春寒，对尊前，忆前欢。曾把梨花，寂寞泪阑干。芳草断烟南浦路，和别泪，看青山。

昨宵结得梦夤缘，水云间，悄无言。争奈醒来，愁恨又依然。展转衾裯空懊恼，天易见，见伊难。

回忆是陈年佳酿，越是被深埋，香味就越醇厚。她面对残酷的现实，回忆着前尘往事。暗度流年，月下把酒，泪湿栏杆。

那南浦路上依依不舍的身影，好似昨夜的梦境。只可惜，梦醒之后，一切烟消云散，她还是如此寂寞、忧愁。

“天易见，见伊难”，她走过“娇痴不怕人猜，随群暂遣愁怀”的青春时光，如今婚姻不幸，她只能“对尊前，忆前欢”。她生命中曾出现过一位男子，如一道彩虹横亘在她的天空，点亮了爱情的希望。

回忆中难得的一抹亮色，却渐渐淹没在现实的灰暗中。回忆越美，内心的痛苦就越真。

她的笔下涌出无数首断肠诗，仿佛都在诉说着她一生的不幸。

《谒金门·春半》

春已半。触目此情无限。十二阑干闲倚遍。愁来天不管。

好是风和日暖。输与莺莺燕燕。满院落花帘不卷。断肠芳草远。

不知不觉，大好春光已逝一半。目之所及，繁花凋零，春天也即将逝去。

她倚着栏杆，徘徊眺望，伤感春天逝去的幽怨袭上心头，上天也无法帮忙摆脱。

风和日丽，她独自倚栏，暗自伤怀：自己还不如那些成双成对的莺燕。残花落满院落，她不忍直视。芳草蔓延至天际，她思恋的人远在天边，真是令人肝肠寸断啊！

她写过许多伤春的诗词，读来首首令人心碎，“故人何处草空碧，撩乱寸心天一涯”“断肠芳草连天碧，春不归来梦不通”“逢春触处须萦恨，对景无时不断肠”。

在这首《谒金门·春半》中，处处莺莺燕燕，唯独她形单影只，倚着栏杆发出幽然的叹息。

锦瑟年华去而不返，无处安放的爱情，也随花逝去。

后世学者评论，她的这首词抒发的是对婚姻的无力之感，当婚姻形同虚设之时，她开始思念自己的意中人，可碍于现实的重重拦阻，无法得以相见。而在那个年代，有夫之妇思念情人，是有伤风化之事。因此，她无法明言，只能借伤春之感，委婉表达。

分开不用刀

李清照甘愿触犯律令，也要与张汝舟离婚，结束那段荒唐的婚姻。

朱淑真饱受婚姻的摧残，也决定与丈夫决裂，寻求属于自己的幸福。

司马相如告诉卓文君自己想要纳妾时，卓文君写道：“闻君有两意，故来相决绝。”卓文君的决绝是另一种方式的挽留，既像轻轻的叹息，又像温柔的嗔怪。司马相如看后十分内疚，心里怀想从前，生出万般柔情，从此与卓文君白头偕老。

朱淑真的决绝，却是此生不见，分开后再无瓜葛："从今莫把仇人靠，千种相思一撇销。"

当她知道丈夫薄情寡义之后，选择了"休夫"。也有人说她并没有离婚，只是搬回娘家，与丈夫长期分居，形同离异。她还写过一首词，叙述自己与丈夫分别时的决绝姿态。

《断肠谜》

下楼来，金钱卜落；问苍天，人在何方？恨王孙，一直去了；詈冤家，言去难留。悔当初，吾错失口，有上交无下交。皂白何须问？分开不用刀，从今莫把仇人靠，千种相思一撇销。

这是一首字谜词，多年来广为流传，甚至还被拿去当元宵节的灯谜。词中每一句都是一个谜面，谜底连起来就是"一、二、三、四、五、六、七、八、九、十"，令人称奇。

这首《断肠谜》丝毫不见弃妇的哀伤，更多的是决绝与傲然。

"分开不用刀，从今莫把仇人靠，千种相思一撇销"，冷静果决，无半点拖泥带水之感。青春时期，她曾"娇痴不怕人猜"，勇敢分手时依旧那么坦荡无惧。只是在那个盛行礼教的年代，她的行为注定会被指责。

与丈夫决裂后，她只身回到浙江钱塘的娘家。邻居亲友都说她"对夫不忠，不安分守己，失了妇道"。

她死后，她的父母认为她让家族颜面尽失，还将她所写的"淫词艳语"扔进了火堆中。

《断肠集序》中说："其死也，不能葬骨于地下，如青冢之可吊，并其诗为父母一火焚之，今所传者百不一存，是重不幸也，呜呼冤哉！"

她的一生，活得短暂真实，爱得深切，走得毅然。

张孝祥

蝉蜕尘埃外，蝶梦水云乡

南宋著名词人张孝祥，祖籍在历阳乌江（今安徽省和县乌江镇），为唐代大诗人张籍的后代，可谓书香名门之后。他的骨子里就透露出一股书卷气，仿佛与生俱来就是读书人。

靖康时期，张孝祥的父母离开故乡乌江，举家南迁至明州鄞县（今浙江省鄞县）。绍兴二年（公元 1132 年），张孝祥出生于明州鄞县桃源乡——这是一个山清水秀的地方，也是张孝祥心中的故乡。

在桃源乡，他度过了无忧无虑的童年。虽然家中贫寒，仓无余粮，但山水田园之乐，双亲举案齐眉，也足以抚慰他幼小的心灵。

后来，父亲张祁在朝廷中谋得一个芝麻小官，但俸禄有限，家中仍旧没有半亩田产。

《于湖集》的序言中有云："故宋中书舍人奋起荒凉寂寞之乡。"意思是说，张孝祥生于贫穷荒凉之地，后来奋力崛起，终成一代大家。可事实上，他本是书香名门之后，伯父和父亲也在朝为官，后来只因伯父不愿屈膝金朝而被拘禁，一家人才真正陷入了贫苦落迫之中。

由于伯父的原因，原本只是芝麻小官的父亲也受到牵连，被罢免还乡。

绍兴十四年（公元 1144 年），年幼的张孝祥随父母还乡。父亲思前想后，最终没有回祖籍历阳乌江，也没有回到桃源乡，而是迁居芜湖。因为那里位于长江之南，远离金人的铁蹄。

唐代以后，人们时常会将芜湖、于湖二县的名字混淆。张孝祥自号“于湖居士”，其实“于湖”指的就是“芜湖”。这也是张孝祥的第二故乡。年幼的他在父亲的教导下，饱读诗书，畅游在文学的海洋之中。

《宋史》中有这样的记载，张孝祥“读书过一目不忘，下笔顷刻数千言”。

十六岁那年，他顺利通过乡试，开启了仕途之门；十八岁时，他在建康从蔡清宇学，不断提升自己的文学修养；二十二岁时，他在“里选”中一举夺冠（“里选”是古代中央命地方选荐人才的制度），一鸣惊人。

从此，潇洒少年，名震四方。

他才思敏捷，词风豪迈，仰慕苏轼的才学。每次写好诗文，他都忍不住问身边的人：“这篇与苏轼的相比如何？”这在当时可能无法回答，可后人却有定论：“在百年的宋词中，他上承苏轼，下启辛弃疾，在豪放词派中有着承上启下、举足轻重的作用。”

二十三岁那年，他参加廷试。秦桧暗中操控，想让自己的孙子秦埙成为状元。结果宋高宗亲自将张孝祥擢为第一，居于秦埙之上。

高中状元之后，秦桧一党的曹泳想拉拢他，于是向他提亲，企图将自己的女儿嫁给他。

张孝祥对秦桧一党深恶痛绝，毅然拒绝了这门亲事，而且公然站到了主战派的队伍中。秦桧不悦，指使党羽诬告他的父亲张祁谋反。张祁入狱，受尽折磨。秦桧死后，张祁才得以平反出狱。

宋高宗决定重用张孝祥，便让他代为起草诏书，他的仕途生涯也正式拉开序幕。

肥水桥边衰草，渺渺唤人愁

张孝祥任职期间，不断上疏给宋高宗，希望国家加强边防建设，抵御金人。他一生最大的政治理想，就是恢复中原，其爱国词作也多以此为题材，字里行间充满了故国哀思。

《浣溪沙·霜日明霄水蘸空》

霜日明霄水蘸空。鸣鞘声里绣旗红。澹烟衰草有无中。

万里中原烽火北，一尊浊酒戍楼东。酒阑挥泪向悲风。

秋日晴空，水阔天明，在响亮的马鞭声中，红旗飞扬。他眼前的秋草一片空茫。

中原陷落，烽火从北方烧到南方，他登上荆州东楼，饮一杯浊酒，在秋风中落泪。

这首《浣溪沙·霜日明霄水蘸空》是张孝祥前期爱国词的代表作之一，描写要塞郊野的自然景象，词人由观塞联想到沦落的中原，眼前是一片清丽的秋景，内心却深藏亡国之恨。

《水调歌头·和庞佑父》

雪洗虏尘静，风约楚云留。何人为写悲壮，吹角古城楼。湖海平生豪气，关塞如今风景，剪烛看吴钩。剩喜然犀处，骇浪与天浮。

忆当年，周与谢，富春秋。小乔初嫁，香囊未解，勋业故优游。赤壁矶头落照，肥水桥边衰草，渺渺唤人愁。我欲乘风去，击楫誓中流。

张孝祥这首词上阕写胜利时的喜悦与痛快，洗雪“靖康之耻”，消解宋人的亡国之恨。虽然词人的内心豪迈轻快，但却因风云之阻未能奔赴前线而感到遗憾。古城楼上传来号角声，也不知是谁在欢庆胜利。他平生最大的心愿，就是收复山河，多想实现自己的抱负啊！夜间燃烛，抚摸宝剑，他心潮澎湃，渴望战胜金军的梦想被好友虞允文在采石矶实现了。

下阕开始抒情，开篇便列举出两大战役的名将——破曹的周瑜和击溃苻坚的谢玄，以喻虞允文。他们战功卓著，经过岁月的洗礼，仍旧值得人们凭吊敬仰。

如今江淮失地还未收复，他希望自己能够奔赴战场，如同宗悫乘风破浪，如同祖逖中流击楫，弥补“风约楚云留”的遗憾，也表明自己北伐抗敌的激情。全词多处引用历史人物典故和历史事件，却自然贴切，不输他的名作《六州歌头·长淮望断》：

长淮望断，关塞莽然平。征尘暗，霜风劲，悄边声。黯销凝。追想当年事，殆天数，非人力。洙泗上，弦歌地，亦膻腥。隔水毡乡，落日牛羊下，区脱纵横。看名王宵猎，骑火一川明。笳鼓悲鸣。遣人惊。

念腰间箭，匣中剑，空埃蠹，竟何成。时易失，心徒壮，岁将零。渺神京。干羽方怀远，静烽燧，且休兵。冠盖使，纷驰骛，若为情。闻道中原遗老，常南望、翠葆霓旌。使行人到此，忠愤气填膺。有泪如倾。

他独自伫立在淮河岸边，远眺关塞，草丛连天。

北伐的征尘逐渐暗淡，凛冽的秋风却仍旧呼啸，边塞变得如此清寂幽然。他的心情暗淡，想到当年中原陷落，也许是天意运数，人无法扭转乾坤吧。

孔门弟子的求学之地，弦歌交奏的礼乐之邦，如今也变得膻腥一片。

金人的毡帐就在河对岸，黄昏时还能听到牛羊进圈的声音。他放眼望去，都是金人的前哨据点。夜幕降临，金人的骑兵手持火把，照亮山川，胡笳鼓角声四起，令人胆战心惊。

他想起自己腰间的弓箭、匣中的宝剑，空受尘埃的侵蚀与污染，浑身的本领不得施展。

时机易逝，光复汴京的希望也更加渺茫。自绍兴和议、隆兴元年符离兵败之后，南宋王朝不修边防、不用贤才，实行屈辱求和的政策，这令他感到愤慨。

传说，留在中原的百姓，一直在盼望着朝廷，盼望着皇帝的仪仗。行人来到此地，也一腔忠愤，义愤填膺，热泪倾洒前胸。

这首词写于张孝祥留守建康时期。在一次宴会上，他愤然写下这首词。主战派的张浚看后，沉默不语，拂袖而去。可见，此词对于主战人士内心触动极大。

清代陈廷焯在《白雨斋词话》中评价这首词："淋漓痛快，笔饱墨酣，读之令人起舞。"后世甚至还有名家将这首词誉为"词史"。

世路如今已惯，此心到处悠然

张孝祥的多数词作中都有苏轼的影子，他不仅学习苏轼的豪迈，写下爱国名作《六州歌头·长淮望断》；还学习苏轼的狂放，写下具有浪漫主义情怀的《念奴娇·过洞庭》：

洞庭青草，近中秋、更无一点风色。玉鉴琼田三万顷，著我扁舟一叶。

素月分辉，明河共影，表里俱澄澈。悠然心会，妙处难与君说。

应念岭海经年，孤光自照，肝肺皆冰雪。短发萧骚襟袖冷，稳泛沧浪空阔。尽吸西江，细斟北斗，万象为宾客。扣舷独笑，不知今夕何夕。

在中秋将至的时节，洞庭湖畔的青草，没有一丝秋风拂过的萧索。远远望去，幽碧如玉。万顷湖水如明镜般澄澈，却只载着一叶细小的扁舟。湖光中倒映着皎洁的明月和灿烂的星河，这般美好的景致难以言喻。

那一轮皎洁的明月，多年徘徊在岭南，却只能孤光自照。他身披萧瑟幽冷的须发和衣衫，平静地泛舟于浩渺的苍溟之中。

他想捧起西江之水，以北斗七星为杯盏，邀天地万物前来畅饮。酣畅淋漓之际，他尽情地拍打船舷，独自放声高歌，不知今朝是何年。

乾道二年（公元1166年），张孝祥因屡屡支持北伐，受到主和派的排挤，被贬职北归。途经洞庭湖时，他写下这首词，上阕描写“表里俱澄澈”的洞庭美景，下阕抒发“肝肺皆冰雪”的高洁胸怀，词境清疏空阔，情调凄凉萧索。虽然没有直接写现实世界的种种残酷，却将那个特殊时代的情境展现得淋漓尽致。

除了爱国词作，张孝祥的咏怀词也很出名，因其英姿飒爽、格调高雅，而被世人称颂。

《水调歌头·泛湘江》

濯足夜滩急，晞发北风凉。吴山楚泽行遍，只欠到潇湘。买得扁舟归去，此事天公付我，六月下沧浪。蝉蜕尘埃外，蝶梦水云乡。

制荷衣，纫兰佩，把琼芳。湘妃起舞一笑，抚瑟奏清商。唤起九歌忠愤，拂拭三闾文字，还与日争光。莫遣儿辈觉，此乐未渠央。

北归途中，他泛舟湘江之上，写下此词。上阕描写自己在湘江泛舟，巧用典事来表明自己清高闲远之趣；下阕突发奇想，以吊念屈原来表达自己漂泊天涯和无辜被黜的感慨，含蓄委婉地控诉朝廷君王的昏庸无道。

湘江之水在他的笔下恣意奔流，正如他的胸襟一样狂放豁达。

此类韵调清疏淡远却隐含愤恨不平的作品，还有以下两首：

《西江月·问讯湖边春色》

问讯湖边春色，重来又是三年。东风吹我过湖船。杨柳丝丝拂面。

世路如今已惯，此心到处悠然。寒光亭下水如天。飞起沙鸥一片。

他想问候春湖丽景，重来此地已过三年。归去的渡船有东风相送，丝丝杨柳轻拂他的脸颊。而今，他早已看惯了世态人心，内心坦然悠闲。寒光亭下水天一色，飞起一片沙鸥。

《浣溪沙·已是人闲不击舟》

已是人闲不击舟。此心元自不惊鸥。卧看骇浪与天浮。

对月只应频举酒，临风何必更搔头。暝烟多处是神州。

多年漂泊不定，他的身心犹如不系之舟一般自由自在。有时，他又像无惧无畏的鸥鸟，飞翔于惊涛骇浪之间，翱翔于万丈云天之上。月下饮酒不怕醉，临风而立不搔头。

那山河破碎的中原大地啊，仍旧横躺在傍晚的烟霭之中！

默想音容，遥怜儿女

张孝祥也有自己的爱情故事，他写情的词别具一格，清丽婉约。

他的妻子是表妹时氏，受父母之命、媒妁之言成婚。不过，直到时氏去世，张孝祥也只是写了三则简短的悼文，《于湖集》中也没有关于时氏的只言片语。可见，两人感情平淡，并没有海誓山盟、跌宕起伏的爱情。

二十三岁那年，他高中状元，秦桧的党羽曹泳想将女儿许配给他，结果被他拒绝。虽然他当时未婚，但早在十六岁时，他便和一位李姓女子同居生子了，儿子名叫张同之。然而，李氏母子一直没有得到张家人的认可。他与表妹时氏结婚前，被迫将李氏母子送走，此事也成为他心中永远的痛楚。

《念奴娇·风帆更起》

风帆更起，望一天秋色，离愁无数。明日重阳尊酒里，谁与黄花为主。别岸风烟，孤舟灯火，今夕知何处。不如江月，照伊清夜同去。

船过采石江边，望夫山下，酌水应怀古。德耀归来虽富贵，忍弃平生荆布。默想音容，遥怜儿女，独立衡皋暮。桐乡君子，念予憔悴如许。

世间最痛苦的事，就是与心爱之人分离。江水月色可以永远跟随在人的左右，人却不如江月，身不由己，只能“默想音容，遥怜儿女，独立衡皋暮”。这首词描写的正是张孝祥与李氏母子分离时的心情，从江边送别到明日重阳，时空的转换也让离愁更加浓稠。

《木兰花慢·送归云去雁》

送归云去雁，澹寒采、满溪楼。正佩解湘腰，钗孤楚鬓，鸾鉴分收。

凝情望行处路，但疏烟远树织离忧。只有楼前溪水，伴人清泪长流。

霜华夜永逼衾裯。唤谁护衣篝。念粉馆重来，芳尘未扫，争见嬉游。情知闷来殢酒，奈回肠、不醉只添愁。脉脉无言竟日，断魂双鹜南州。

白云归雁早已远去，只剩满天秋色，空气微寒。分别时，解佩分钗，鸾鸟铜镜也一人一半。她离去的方向，只有远树含烟，织成一片离愁。他的眼泪也只有与溪水相伴。

深秋夜寒，衾被不暖，再也没人帮他整理衣物了。他回想当初在一起的时光，落花不扫，在院子里嬉戏玩闹。而今，他只能以酒消愁，却不知这酒无法醉人，反而让人更添惆怅。他整日默默无语，只愿能化成凫鸟，飞去与她相聚。

李氏带着儿子回到故乡桐城，他含泪相送，内心的痛苦无法排解，遂写下两首《木兰花慢》。李氏回到桐城，入道观出家，两人从此再未谋面。

《木兰花慢·紫箫吹散后》

紫箫吹散后，恨燕子、只空楼。念璧月长亏，玉簪中断，覆水难收。青鸾送碧云句，道霞扃雾锁不堪忧。情与文梭共织，怨随宫叶同流。

人间天上两悠悠。暗泪洒灯篝。记谷口园林，当时驿舍，梦里曾游。银屏低闻笑语，但醉时冉冉醒时愁。拟把菱花一半，试寻高价皇州。

两人恩爱却还是分离了。明月已缺，难以再圆；玉簪中断，无由再续；覆水入地，无法重收。如今，她在幽闭的道观里静坐，可尘缘难断，内心缠结。

他还记得那年初见，在谷口园林的客栈，银屏掩映，低声笑语。而今回想起来，却恍如一梦。曾经的美好，一幕幕重现在眼前，醒来时却多了重重新愁，他多想破镜重圆啊！

这两首《木兰花慢》，道尽了词人与李氏的深厚感情，也让人体会到离别时的深深痛楚。爱情是那样美好，又是那样残酷，他们的爱情终究是个悲剧。

一声长啸暮烟孤，袖手西湖归去

在宋代的历史上，张孝祥的胸襟、气魄、胆识，都超然卓越，才华可与苏轼媲美。

他十分欣赏苏轼，又想独辟蹊径，开创自己的风格。他寄情于山水，将孤傲高洁的心性与壮怀激烈的感情融合，不仅继承了苏轼的豪放，还开创了后世辛派词人的先河。

他就像一座文学之桥，让苏、辛二人在历史长空与文学承继上完美衔接。

他才情卓然，从早期创作的写景小词中也能窥见，这些写景小词清丽典雅，其中还有不少描写临安美景的作品。

《西江月·十里轻红自笑》

十里轻红自笑，两山浓翠相呼。意行着脚到精庐。借我绳床小住。

解饮不妨文字，无心更狎鸥鱼。一声长啸暮烟孤。袖手西湖归去。

临安城外繁花锦簇，围绕着苍翠的群山，他想步行到草庐，就算住在简陋的绳床上也没关系。闲暇时读书、钓鱼，他在暮色烟霭中放声长啸，转身又去往美丽的西湖。

《菩萨蛮·与同舍游湖归》

吴波细卷东风急。斜阳半落苍烟湿。一棹采菱歌。倚栏人奈何。

天公怜好客。酒面风吹白。更引十玻璃。月明骑鹤归。

春日黄昏，东风卷起西湖的千层细浪。夕阳西落，脉脉余晖洒在湖面上，如霞如绮。他抬眼望去，水天相接的地方，似乎连苍茫的烟雾也被湖水洇湿了。

三五好友一边划桨，一边唱着采菱歌，多么欢愉啊！可惜天色渐晚，春风也有了丝丝寒意，让倚栏之人也无端生出许多愁意。

或许连上天都要怜惜这些湖上饮酒赋诗的才子吧！还没等他们说出酒面，一阵狂风便吹翻了面前罚酒的酒杯。只有春风美酒，才配得上这良辰美景，洒了一杯酒不算什么，再倒满十个酒杯。等到夜幕降临，大家尽情尽兴，再骑着仙鹤归去吧！

《鹧鸪天·春情》

日日青楼醉梦中。不知楼外已春浓。杏花未遇疏疏雨，杨柳初摇短短风。

扶画鹢，跃花骢。涌金门外小桥东。行行又入笙歌里，人在珠帘第几重。

张孝祥曾驻足临安，这首词不仅写出了临安的清雅秀丽，也写出了临安的热闹繁华。他年少轻狂，曾被批评“不修细行”。他日日醉梦，猛然间醒来，发现楼外春色已浓。杏花未逢春雨，却独自绽放；杨柳只遇微风，便自在摇曳。

临安春色盎然，春风正柔，扫尽凡尘琐事，一切皆如人愿。

观春不如访春，他或乘着船，或骑着花马，在小桥上向东望去，一路踏遍春色。

一番游走后，他又回到了笙歌之中、花柳之地。他很想知道那名女子的芳踪，哪怕寻遍如云的佳丽，揭开珠帘重重……

张孝祥写词，无论是选材范畴，还是表现手法，都不拘一格。据说，他“平昔为词，未尝著稿，笔酣兴健，顷刻即成，初若不经意，反复究观，未有一字无来处”，因为他是凭借激情进行创作，所以情感连贯，语言流畅。此外，他还能融会前人诗句而无雕琢的痕迹，才学卓然。

只可惜，他英年早逝。乾道六年（公元1170年）三月，他回到芜湖，七月便得急病去世了，终年三十八岁。

辛弃疾

了却君王天下事，赢得生前身后名

多少次战火硝烟，多少次风雨离乱，英雄都狂饮浊酒，舞剑而歌。

多少卷素宣竹帛，多少方端砚翰墨，也写不尽英雄的铁骨丹心。

他热血、激情，一身雄风英气，在沙场上浴血驰骋。

他的词含血带泪，又有傲骨铮铮；“英雄词人”，他当之无愧。

他是辛弃疾，南宋著名的爱国将领，杰出的豪放派词人。他在词坛上与苏轼并称“苏辛”，词风豪放，影响深远。

绍兴十年（公元 1140 年），辛弃疾在山东济南历城出生，天生一副英雄相貌。

在他出生前十三年，宋王朝经历靖康之难，金人的战马从北到南，侵占中原。他的祖父辛赞为家计所困，没能南渡，留在亳州谯县当县令。

幼年时，父亲早亡，他跟在祖父身边，在亳州拜师读书。祖父始终不忘亡国之恨，有空就带他“登高望远，指画山河”。在他幼小的心灵中，早早就播下了收复山河、统一祖国的种子。

这粒种子随着岁月生长，渐渐成为他心中的英雄情结。

他四处寻觅英雄，也渴望成为英雄。他歌颂英雄，呼唤英雄，可英雄在哪里呢？

若世上真有英雄，金人如何能够南侵，掳走徽、钦二帝，中原为何陷入敌手？

南渡之后，朝廷为何不顾百姓安危，屈辱求和，苟安江左，不雪靖康之耻？

他二十一岁那年，金主完颜亮大举南侵，中原百姓再也无法忍受，各地义军纷纷揭杆而起。辛弃疾也在家乡聚集了两千多人，高举起义的旗帜。

当时，农民领袖耿京领导的山东义军实力强大，已经攻占了军事重镇东平府郓州，辛弃疾便率领队伍投奔耿京，并在耿京的义军中担任要职。耿京被叛徒谋害后，辛弃疾率兵直捣敌营，从五万敌军中擒获叛贼张安国，将其押回南宋朝廷斩首示众。

从此，他挥戈驰马，叱咤中原，威名远扬。

倩何人唤取，红巾翠袖，揾英雄泪

辛弃疾生擒叛徒张安国的事迹广为流传，“壮声英概，懦士为之兴起，圣天子一见三叹息”，宋高宗任命他为江阴签判。

从此，他开始了自己的仕宦生涯。多年以后，他回想起那段奇迹般的“千里奔袭战”，仍旧抑制不住内心“气吞万里如虎”的万丈豪情。

《鹧鸪天·壮岁旌旗拥万夫》

壮岁旌旗拥万夫。锦襜突骑渡江初。燕兵夜娖银胡䩮，汉箭朝飞金仆姑。

追往事，叹今吾。春风不染白髭须。都将万字平戎策，换得东家种树书。

他年轻时曾带领一万多精锐的骑兵渡过长江。金军晚上准备箭袋，而宋军一大早就向敌人射去金仆姑（泛指制作精良的箭）。追忆往事，如今他却只能感叹，春风无法将自己的白须吹黑。那几万字的抗金策略也无用处，不如去和东边的人换成种树的书。

从起义军将领到皇家官吏，他离开山东来到南方。那时，他尚未看清皇帝和朝廷畏缩怯懦的本质。宋高宗曾对他“一见三叹息”，赞赏他的英勇。随后继位的宋孝宗也表示了抗金的决心。他以为，朝廷很快就会重振雄风，他也能实现收复失地的夙愿。

因此，在南宋任职之初，他满怀热情地写了许多抗金北伐的政治军事奏疏，比如《美芹十论》《九议》等。虽然他在抗金救国、收复失地等方面的建议深受人们的赞誉，但宋孝宗对他的奏疏反应冷淡。

七年过去了，宋孝宗委任他为建康通判，也就是知府或知州的副手，如同现在的副市长。这只是临时性的差遣，并不是常设官职，显然是随机安排。

他没有机会去参与国家大事，《美芹十论》《九议》等奏疏也成为一纸空谈。

“却将万字平戎策。换得东家种树书。”他壮志难酬，只好发出这样的感叹。

乾道四年至六年间（公元1168年至公元1170年），他任建康通判，登临赏心亭，抬头远望长江以北的故乡，低头观赏秦淮河畔的美景名胜。亡国之恨、思乡之情、报国无门之憾，顿时涌上他的心头。

《水龙吟·登建康赏心亭》

楚天千里清秋，水随天去秋无际。遥岑远目，献愁供恨，玉簪螺髻。落日楼头，断鸿声里，江南游子。把吴钩看了，阑杆拍遍，无人会、登临意。

休说鲈鱼堪脍。尽西风、季鹰归未。求田问舍，怕应羞见，刘郎才气。

可惜流年，忧愁风雨，树犹如此。倩何人，唤取红巾翠袖，揾英雄泪！

秋日辽阔的南国，千里萧索之景，无边的江水默默流向天际。他望着眼前的崇山峻岭，就像女子头上的玉簪螺髻，内心却是国土沦落之恨。

夕阳西下，离群的孤雁发出悲鸣声，正如他流落江南。他看着手中的宝刀，把楼头的栏杆走遍，也没人能体会他登楼的心情。

古代的贤才尚且能为国家出力，奉献自己的热血丹心，他却只能看着国家在风雨中飘荡。如今收复山河无望，谁去请那些披红着绿的歌女，拭去英雄失意的眼泪呢？

而今识尽愁滋味，欲说还休

在任建康通判期间，辛弃疾的词大多表现出壮志难酬、报国无门的愤慨之情。

《水龙吟·过南剑双溪楼》

举头西北浮云，倚天万里须长剑。人言此地，夜深长见，斗牛光焰。我觉山高，潭空水冷，月明星淡。待燃犀下看，凭栏却怕，风雷怒，鱼龙惨。

峡束苍江对起，过危楼、欲飞还敛。元龙老矣，不妨高卧，冰壶凉簟。千古兴亡，百年悲笑，一时登览。问何人又卸，片帆沙岸，系斜阳缆。

西北浮云涌动，长空宝剑铮鸣，深夜常见的斗牛星宿之间有闪烁的光芒。他觉得山高水冷，月朗星稀，想点燃犀牛角去水中看看，刚到栏杆处又心虚，真怕风雷震怒，鱼龙凶残。

江水拍打在两岸的山崖上，浪花飞过楼头才肯收敛。他身心已老，只想坐卧家园，饮清爽的酒，盖凉爽的被子。他登上双溪楼，想起千古兴亡的事情。人生百年，嬉笑怒骂也不过梦一场。梦中，谁又将白帆扬起，在斜阳夕照中抛锚系缆？

南宋淳熙八年（公元1181年）冬天，四十二岁的辛弃疾又被弹劾去职。他在江西上饶度过了二十余年。当时的上饶是四省通衢，离南宋都城临安很近，交通发达，环境优美，很多士大夫在此定居。

他来到上饶后不久，便在城北修建庄园房舍，还将房舍左边的荒地开辟为田园，种植水稻。每天打开窗户，便是满目庄稼。他将自己亲手设计修建的寓所，命名为“稼轩”，后来写诗作文也落款“稼轩居士”。

他还在田边修了一座亭子，取名为“植杖”。新居落成那天，他专门写词留念：

《沁园春·带湖新居将成》

三径初成，鹤怨猿惊，稼轩未来。甚云山自许，平生意气；衣冠人笑，抵死尘埃。意倦须还，身闲贵早，岂为莼羹鲈鲙哉。秋江上，看惊弦雁避，骇浪船回。

东冈更葺茅斋。好都把轩窗临水开。要小舟行钓，先应种柳，疏篱护竹，莫碍观梅。秋菊堪餐，春兰可佩，留待先生手自栽。沉吟久，怕君恩未许，此意徘徊。

之后，他又绘制了新居及周边田坎的规划图，交给好友翰林大学士洪迈，并嘱咐道：“吾甚爱吾轩，为吾记。”洪迈同样文采斐然，挥笔写下流传千古的美文《稼轩记》。

后人传为美谈的关于辛弃疾孤军闯敌营生擒叛徒张国安的故事，就来自《稼轩记》：“予谓侯本以中州隽人，抱忠仗义，章显闻于南邦齐虏巧负国，赤手领五十骑缚取于五万众中，如挟毚兔，束马衔枚，间关西奏淮，至通昼夜不粒食：壮声英慨，懦士为之兴起！圣天子一见三叹息，用是简深知……”

闲居上饶期间，他曾游览博山道中，却无心观赏美丽的风光。他眼看自己有心无力，报国无门，一腔愁绪无处倾诉，便题词一首：

《丑奴儿·书博山道中壁》

少年不识愁滋味，爱上层楼。爱上层楼。为赋新词强说愁。

而今识尽愁滋味，欲说还休。欲说还休。却道天凉好个秋。

这首词通篇言“愁”，上阕描写少年涉世未深却故作深沉的情态；下阕描写满腹愁苦却无法倾诉的抑郁。通过“少年”时与“而今”的对比，表达了词人报国无门之苦。

后人评价此词“委婉蕴藉，含而不露，别具一格”，令人回味无穷。他的满腔愁苦怎是一个“愁”字能说尽的呢？

蓦然回首，那人却在，灯火阑珊处

他一生中有无数词作，除了雄浑豪迈的豪放词，描写爱情的婉约词也很有特色。

《青玉案·元夕》

东风夜放花千树。更吹落、星如雨。宝马雕车香满路。凤箫声动，玉壶光转，一夜鱼龙舞。

蛾儿雪柳黄金缕。笑语盈盈暗香去。众里寻他千百度。蓦然回首，那人却在，灯火阑珊处。

元宵佳节，风将灯火吹得如同千树花开，烟火纷纷，乱坠如星雨。豪华的马车芳香四溢，凤箫悠扬，玉壶光转，鱼龙飞舞。

美人头上都戴着亮丽的饰物，笑语盈盈地在人群中走过，身上的香气一路飘散。他在人群中寻找她的影子，辗转难寻，却在不经意间回首，只见她正站在灯火零落的地方。

后世有学者认为，《青玉案·元夕》中描写的美人，其实就是辛弃疾自己。因为他铁血丹心，在金戈铁马的岁月中，始终与爱情保持着距离。王国维在《人间词话》中借用词中名句“众里寻他千百度，蓦然回首，那人却在灯火阑珊处”来形容做学问的第三境界，也让这三句词更为家喻户晓。

辛弃疾可能不会将爱情挂在嘴边，但未必不懂爱情。他在描写女子被爱人抛弃时的决绝，就刻画得生动真实，毫不做作：

《恋绣衾·无题》

长夜偏冷添被儿。枕头儿、移了又移。我自是笑别人底，却元来、当局者迷。

如今只恨因缘浅，也不曾、抵死恨伊。合手下、安排了，那筵席、须有散时。

女子情真意切，男子却薄情寡义。当爱情走到尽头时，她万分苦恼，经过一番思考，终于决意摆脱罗网，重新振作。词中将女子的决绝与坚强展露无遗。

此外，他还有一首描写离别愁苦的《清平乐·春宵睡重》，也十分朴实自然：

春宵睡重。梦里还相送。枕畔起寻双玉凤。半日才知是梦。

一从卖翠人还。又无音信经年。却把泪来作水，流也流到伊边。

词中描写一位闺中少女，与心爱之人久久分别。心爱之人毫无音讯，生死未卜。她在担忧：心爱之人是变心了吗？还是遭遇了不测？两人依依惜别，她想找寻玉钗分一半给他，留作纪念。惊醒之后，她才发现只是梦一场。

离别之后，经年未见，又无音讯。她落下的眼泪汇成河流，希望它流到心爱之人身边。

辛弃疾的词以豪迈雄浑见长，但他的婉约词清新娟秀，同样广受赞誉。

《宋四家词选·序论》说："稼轩敛雄心，抗高调，变温婉，成悲凉。"

了却君王天下事，赢得生前身后名

自从唐五代以来，词中的主人公形象主要分为三类：唐五代的红粉佳人、北宋的失意文人和南宋初年的苦闷志士。辛弃疾的词作横空出世之后，又多了一类豪迈雄浑、虎啸生风的英雄形象。

他不仅崇拜英雄，抒写英雄的精神个性，还渴望成就英雄伟业。

苏轼也曾向往"雄姿英发"的英雄，可他在赤壁缅怀英雄时，想到的是"多情应笑我，早生华发"，这可能是文人都会有的感伤。辛弃疾在凭吊赤壁时却写道：

《霜天晓角·赤壁》

雪堂迁客。不得文章力。赋写曹刘兴废，千古事、泯陈迹。

望中矶岸赤，直下江涛白。半夜一声长啸，悲天地、为予窄。

他的英雄壮志是"悲天地、为予窄"，再广阔的天地也无法容纳他的勃勃雄心。

《破阵子·为陈同甫赋壮词以寄》

醉里挑灯看剑，梦回吹角连营。八百里分麾下炙，五十弦翻塞外声。沙场秋点兵。

马作的卢飞快，弓如霹雳弦惊。了却君王天下事，赢得生前身后名。可怜白发生。

醉意犹酣之时，他在灯前查看宝剑；半梦半醒之间，他听到营地里传来号角声。坐骑好像的卢马一样跑得飞快，利箭发射时犹如霹雳雷鸣。他愿意为君主完成收复失地的大业，赢得生前死后的美名。只可惜，自己早生白发，恐怕永远报国无门。

他一生的梦想与追求就是收复山河，报效国家。

庆元二年（公元1196年）夏天，他在上饶的房舍失火，田园化为灰烬。无奈之下，他只能举家迁居到离此不远的瓢泉。在这里，他过着闲云野鹤般的乡村生活，并将自己的寂寞与苦闷融入描写田园风物的诗词中。

《贺新郎·甚矣吾衰矣》

邑中园亭，仆皆为赋此词。一日，独坐停云，水声山色，竞来相娱，意溪山欲援例者，遂作数语，庶几仿佛渊明思亲友之意云。

甚矣吾衰矣。怅平生、交游零落，只今余几！白发空垂三千丈，一笑人间万事。问何物、能令公喜。我见青山多妩媚，料青山、见我应如是。情与貌，略相似。

一尊搔首东窗里。想渊明、停云诗就，此时风味。江左沉酣求名者，岂识浊醪妙理。回首叫、云飞风起。不恨古人吾不见，恨古人、不见吾狂耳。知我者，二三子。

他表面上淡泊清静，与世无争，但心中的爱国热情丝毫未减，时刻都想着收复失地，一统祖国河山。正所谓："男儿到死心如铁，看试手、补天裂。”

嘉泰三年(公元1203年),外戚韩侂胄掌权,却没有经世治国的才能,于是决定起用辛弃疾。此时，辛弃疾已经是六十五岁的老人了，虽然他渴望恢复故土，但深谙军事的他，知道宋军数十年缺乏训练，装备也不完善，不宜出战。

可韩侂胄不听,仓促北伐,先小胜后大败,最终损兵折将,人头不保。六十六岁那年，辛弃疾登上镇江北固亭，缅怀历史上的英雄人物及其伟业，心中愤慨。

《永遇乐·京口北固亭怀古》

千古江山，英雄无觅，孙仲谋处。舞榭歌台，风流总被，雨打风吹去。斜阳草树，寻常巷陌，人道寄奴曾住。想当年，金戈铁马，气吞万里如虎。

元嘉草草，封狼居胥，赢得仓皇北顾。四十三年，望中犹记，烽火扬州路。可堪回首，佛狸祠下，一片神鸦社鼓。凭谁问：廉颇老矣，尚能饭否。

这首词写于镇江北固亭，他登高望远，怀古忆昔，心中感慨万千。

开禧三年（公元1207年），朝廷授予他兵部侍郎之职，相当于国防部副部长，协助皇帝决策军机、协调全国军务。可是，他已经沉疴在身，只能上奏请辞。

不久，他便离世了，享年六十八岁。

姜夔

念桥边红药，年年知为谁生

南宋词人姜夔是一位大才子，他一生留词八十多首，其中描写爱情的词就有二十二首。他的词不仅继承了前人的优点，还一改前人的叙事艺术和结构手法，将描写爱情的词写得空灵曲折，意蕴深远，令人回味无穷。

从花间词派开始，前人描写爱情多言闺情风月，到了姜夔笔下，爱情变得更加高雅纯洁，洗去脂粉气息。他不追求情感上的浓烈深沉，而追求词意上的深远和词境上的空灵。

他笔下的爱情，像清晨的薄雾，像叶尖上的露珠，有一种情余言外的雅韵。

姜夔，字尧章，号白石道人。张羽在《白石道人传》中形容他的容貌风骨时说："体貌清莹，望之若神仙中人。"他一生孤贫，屡试不第，为人清高，"道人野性如天马，欲摆青丝出帝闲"。

六岁时，他的母亲早逝；十四岁时，他随父任官至湖北汉阳；十七岁时，父亲病故，他只能随出嫁的姐姐生活在小村庄里；十九岁时，他开始远游……

他过着贫苦的生活，靠卖文字或朋友接济为生。他是继苏轼之后的又一位艺术全才，不仅酷爱文学创作，还精通书法音乐，受到当世名人朱熹、辛弃疾等人的称赞。姜夔虽为一介布衣，却名耀一世。

那日隔帘，半面曾记

二十岁那年，姜夔在合肥的城南赤阑桥边居住。他兴致勃勃地写诗告诉朋友："我家曾住赤阑桥，邻里相过不寂寥。君若到时秋已半，西风门巷柳萧萧。"

合肥没有江南的万顷荷田，没有朦胧的烟雨，但他流连于赤阑桥边的杨柳依依。

他无数次来到桥畔，在晨风暮雨中弄箫吹笛，还自度《淡黄柳》，填了一首描写合肥之景的词。在词的小序中，他说："客居合肥南城赤阑桥之西，巷陌凄凉，与江左异。唯柳色夹道，依依可怜。因度此阕，以纾客怀。"

《淡黄柳·空城晓角》

空城晓角。吹入垂杨陌。马上单衣寒恻恻。看尽鹅黄嫩绿。都是江南旧相识。

正岑寂。明朝又寒食。强携酒。小桥宅，怕梨花、落尽成秋色。燕燕飞来，问春何在，惟有池塘自碧。

拂晓时分，凄切的音乐萦绕城中，随风传到垂柳依依的街头巷口。他独自骑在马上，只穿了一件单薄的衣裳，感到阵阵寒气袭来。街道两旁的垂柳，露出鹅黄嫩绿的颜色，如同在江南时所见到的那样熟悉。

他正觉孤寂，又想起明天是寒食节。他如平日那样，捎上一壶酒，来到小桥边上恋人的住处。他生怕梨花落尽，仅留下一片秋色。燕子飞来，询问春光何处，也只有池水知道了。

他居住在城南赤阑桥之西，那里街道荒凉，少有行人，与江左不同。那里有的只是柳树在街道旁轻轻飘拂，让人心生怜惜。因此他创作了这首词，来抒发客居在外的感受。

赤阑桥畔，杨柳依依，遍布秦楼楚馆。

一天，他在桥畔漫步，突然听到楼中传来清雅的音律，正是琵琶与秦筝的合奏。精通韵律的他，立刻沉浸在美妙的音乐中，那琵琶声如春风荡漾，那秦筝声如同秋水流泻。

他听得如痴如醉，经过一番打听之后，他才知道弹奏者是一对姐妹。因为他常身着白衣，在桥边吹箫弄笛，那对姐妹早就注意到他了。

《解连环·玉鞭重倚》

玉鞭重倚。却沉吟未上，又萦离思。为大乔、能拨春风，小乔妙移筝，雁啼秋水。柳怯云松，更何必、十分梳洗。道郎携羽扇，那日隔帘，半面曾记。

西窗夜凉雨霁。叹幽欢未足，何事轻弃。问后约、空指蔷薇，算如此溪山，甚时重至。水驿灯昏，又见在、曲屏近底。念唯有、夜来皓月，照伊自睡。

那日，他被美妙的音乐吸引，手持羽扇，信步而去。他本是一位“气貌若不胜衣”的美男子。姐妹俩还没来得及梳妆打扮，发髻如轻云般蓬松，却仍旧姿态动人，国色天香。

姐妹俩都精通音律，一人善鼓琴，一人善弹筝，合奏更胜天籁。

离别在即，他即将跃马扬鞭，踏上旅程。姐妹二人为离别奏出动听的乐曲，正如春风拂袖、寒雁悲鸣。当时西窗外雨过天晴，寒意阵阵袭来。

姐妹含泪追问，何日能再重聚？他只能指花为期，安慰她们。

山川美好，何时能再重聚呢？他站在驿站昏黄的灯光下，眼前又出现共聚时曲折的画屏，今夜恐怕只有皎洁的月光陪她们入梦了。

他也曾幻想自己能金榜题名，风风光光地来迎娶她们，可最终事与愿违。

念桥边红药，年年知为谁生

宋孝宗淳熙三年（公元1176年）冬至，姜夔二十三岁，在扬州看到满目疮痍、一片荒芜之景。此时，北宋灭亡已近五十年，他感慨万千，写下千古名篇《扬州慢·淮左名都》：

> 淮左名都，竹西佳处，解鞍少驻初程。过春风十里，尽荠麦青青。自胡马窥江去后，废池乔木，犹厌言兵。渐黄昏、清角吹寒，都在空城。
>
> 杜郎俊赏，算而今、重到须惊。纵豆蔻词工，青楼梦好，难赋深情。二十四桥仍在，波心荡、冷月无声。念桥边红药，年年知为谁生。

姜夔对音律很有研究，一生共自度曲十三四首，这首《扬州慢·淮左名都》便是最早的一首，后人将其奉为经典。陈廷焯在《白雨斋词话》中说："'犹厌言兵'四个字，包含无限伤乱语，他人累千百言，亦无此韵味。"城中毫无生机的"废池乔木"都已经厌倦了战争，更何况城中的百姓都是鲜活的生命啊！

他还为这首词写了一则小序："淳熙丙申至日，予过维扬。夜雪初霁，荠麦弥望。入其城，则四顾萧条，寒水自碧，暮色渐起，戍角悲吟。予怀怆然，感慨今昔，因自度此曲。千岩老人以为有《黍离》之悲也。”

在小序中，他说千岩老人认为这首词有《诗经·王风·黍离》中的故国之思。不过，在写这首词的时候，他并不认识千岩老人，序言是后来写的。千岩老人对他影响巨大，甚至改变了他的人生轨迹。

千岩老人原名萧德藻，在当时与陆游、杨万里、范成大等人的名气不分伯仲，有人称赞他“文学甚古，气节甚高”。

萧德藻特别喜欢姜夔的《扬州慢·淮左名都》，还说自己写了几十年诗，才遇到如此奇才，于是主动将自己的侄女许配给他。那时，姜夔已经三十三岁了，他一直漂泊四方，连生计都成问题。尽管他还深爱着合肥女子，却没有能力厮守终生。于是，他答应了娶萧德藻的侄女为妻。

宋孝宗淳熙十四年（公元1187年），萧德藻调任湖州，举家迁移，姜夔也在随行之列。这年元旦，船过金陵，他在船上梦见合肥女子，写下一首《踏莎行·燕燕轻盈》：

> 燕燕轻盈，莺莺娇软。分明又向华胥见。夜长争得薄情知，春初早被相思染。
>
> 别后书辞，别时针线。离魂暗逐郎行远。淮南皓月冷千山，冥冥归去无人管。

梦中，他看到姐妹如燕子般轻盈的体态，听到姐妹如黄莺般的轻声软语。她们嗔怪他薄情，却不知他彻夜难眠，一开春便相思成疾。

他曾在灯下千百遍的读姐妹的来信，如今仍旧穿着分别时姐妹缝制的衣衫，时常感觉姐妹两人就在他身边。谁在寒山冷月中与她为伴，谁在早春长夜里拥她取暖？姐妹追随他的脚步。可是淮南皓月下，千山冷寂，有谁照顾黯然归去的心上人呢？

少年情事老来悲

他一生留词八十余首，却没有只言片语是写给妻子的。他的心中始终住着合肥女子。

绍熙二年（公元1192年），他三十八岁，终于有机会回到合肥，与合肥女子再相聚。曾经无数次魂牵梦萦的人，却只是匆匆一见又匆匆别离，只剩下深深的思念。

《浣溪沙·辛亥正月二十四日发合肥》

钗燕笼云晚不忺。拟将裙带系郎船。别离滋味又今年。

杨柳夜寒犹自舞。鸳鸯风急不成眠。些儿闲事莫萦牵。

离别之时，合肥女子用燕状的发钗将头发梳拢，晚来梳妆，却愁容满面。姐妹二人多想用裙带系住情郎将走的小船，不忍离别却又必须离别，离别的滋味让人心痛。杨柳在寒夜中独自起舞，鸳鸯在疾风中也无法安眠。他安慰她们，世事总有不如意，不必为了这短暂的离别而介怀。

后来，一年正月，他又与合肥女子相见，梅花正开得艳丽，仿佛朵朵都为她们绽放。

《江梅引·人间离别易多时》

人间离别易多时。见梅枝。忽相思。几度小窗，幽梦手同携。今夜梦中无觅处，漫徘徊，寒侵被、尚未知。

湿红恨墨浅封题。宝筝空、无雁飞。俊游巷陌，算空有、古木斜晖。旧约扁舟，心事已成非。歌罢淮南春草赋，又萋萋。漂零客、泪满衣。

姜夔对梅花的描写总是与合肥女子联系在一起，这是他心中永远解不开的情结。《江梅引·人间离别易多时》也是如此，词中小序说：“丙辰之冬，予留梁溪，将诣淮南不得，因梦思以述志。”

他住在无锡梁溪张鉴的庄园里，正值梅花绽放，他又梦到了心爱的合肥女子。

那绽放的红梅，朵朵都是如血的相思，渲染无尽的忧愁。

人生聚散无常，有时一个转身就变成了永别。合肥女子不可能永远等他，当他再次回到合肥时，她们已嫁作他人妇。从此，关于合肥女子的记忆，被他珍藏在心底。

宋宁宗庆元三年（公元1197年）元宵节前后，他已经四十四岁，为了纪念自己的情事，他一口气写下四首《鹧鸪天》，下面选录其中两首：

《鹧鸪天·正月十一日观灯》

巷陌风光纵赏时。笼纱未出马先嘶。白头居士无呵殿，只有乘肩小女随。

花满市，月侵衣。少年情事老来悲。沙河塘上春寒浅，看了游人缓缓归。

《鹧鸪天·元夕有所梦》

肥水东流无尽期。当初不合种相思。梦中未比丹青见，暗里忽惊山鸟啼。

春未绿，鬓先丝。人间别久不成悲。谁教岁岁红莲夜，两处沈吟各自知。

元宵佳节本是繁华热闹的节日，赏花灯，猜灯谜，火树银花，满满的都是浪漫与快乐。可对于他来说，繁华与热闹都是别人的，自己则更加孤独。

直到晚年，他仍旧对合肥女子念念不忘，相思之树终究结成苦果，他尝了一生。

暗香疏影

他一生清贫，生活坎坷，四处做门客，以维持生计。

萧德藻曾把他引荐给大诗人杨万里，杨万里很看重他，又把他引荐给范成大。

一年冬天，寒雪纷纷扬扬，他冒雪拜访石湖居士范成大。

范成大喜欢梅花，便在故乡石湖买下一座庄园，种满了梅树。姜夔也酷爱梅花，便在石湖山庄住了一个多月。他的代表作《暗香》《疏影》便是这时完成的，曲名出自林逋的《山园小梅》："疏影横斜水清浅，暗香浮动月黄昏。"

在为这两首词作的小序中，他便写明了缘由："辛亥（南宋绍熙二年，即公元 1191 年）之冬，余载雪诣石湖。止既月，授简索句，且征新声，作此两曲，石湖把玩不已，使工伎肆习之，音节谐婉，乃名之曰《暗香》《疏影》。"

《暗香·旧时月色》

旧时月色。算几番照我，梅边吹笛。唤起玉人，不管清寒与攀摘。何逊而今渐老，都忘却、春风词笔。但怪得、竹外疏花，香冷入瑶席。

江国。正寂寂，叹寄与路遥，夜雪初积。翠尊易泣，红萼无言耿相忆。长记曾携手处，千树压、西湖寒碧。又片片吹尽也，几时见得。

月光下，暗香袭人。他在梅花下吹笛，在悠扬的笛声中想起"玉人折梅我吹笛"的往事。他就像南朝诗人何逊，昔日翩翩少年的样子已经不见。而今他年纪已老，见到这傲人的梅花，也写不出一首像样的诗。但即便再写不出，他也要写，因为梅花太美了，让人情不自禁。

南国的冬天如此寂寥，梅花也迎来了第一场雪，他想寄一枝梅花给心上人，却感叹路途遥远，无从相寄。他捧起翠色的玉樽，不禁流下眼泪。红梅无言，他的相思却更清晰。

曾经，他和她携手同游西湖畔、同游梅花林。在漫天花海中，他以为花儿永远不会凋谢，可这念头刚起，一阵冷风便将梅花吹落，花瓣一片片落下，落花漫天。转眼之间，枝头便空空如也，还有谁记得片刻前的繁华呢？

《疏影·苔枝缀玉》

苔枝缀玉。有翠禽小小，枝上同宿。客里相逢，篱角黄昏，无言自倚修竹。昭君不惯胡沙远，但暗忆、江南江北。想佩环月夜归来，化作此花幽独。

犹记深宫旧事，那人正睡里，飞近蛾绿。莫似春风，不管盈盈，早与安排金屋。还教一片随波去，又却怨、玉龙哀曲。等恁时、重觅幽香，已入小窗横幅。

晶莹如玉的梅花，点缀在长有苔藓的梅枝上，小小的翠鸟，成双栖在枝间。

“翠禽”引用的是罗浮之梦的典故。相传，隋朝开皇年间，赵师雄经过罗浮山，日暮时分走入一片梅林，遇到一位绝世美人。赵师雄与她对饮，边上还有一位绿衣童子歌舞助兴。不知不觉间，赵师雄沉沉睡去。他醒来时，东方已白，饮酒的美人和绿衣童子也不见踪影，只有几只小小翠鸟成双成对地在梅花间欢跳。赵师雄认为自己昨夜邂逅了梅花女神，那位绿衣童子便是枝头的翠鸟。

词人借用这个典故，表达自己心中的惆怅。他在想，他与她的相遇是否也是人间“仙遇”呢？

他和她曾相逢在异乡。那天，她站在黄昏的篱角，在翠绿的修竹下茕茕孑立。他不禁想起了杜甫笔下的：“绝代有佳人，幽居在空谷。天寒翠袖薄，日暮倚修竹。”

词人忽然想起了寿阳公主的梅花妆，凋零的梅花落在眉间，变成最美的妆容。只是，春风不懂得怜惜梅花，不会像汉武帝那样金屋藏娇。春风一来，梅林就要凋残了。那时，听听《梅花落》，看看窗纸上的梅影，也是一件美好的事情。

《暗香·旧时月色》和《疏影·苔枝缀玉》相互呼应，可用“美人折梅我吹笛，携手梅林香雪里”来概括。在姜夔心中，梅就是心爱之人、心爱之人就是梅，所以他观梅时才会感慨万千。

他曾说“少年情事老来悲”，又说“人生别久不成悲”。爱情在他的生命中匆匆而逝，留下的悲与痛却久久不散。词人张炎评价他的词说：“姜白石词如野云孤飞，去留无迹。”

宋宁宗嘉定十四年（公元1221年），姜夔病逝于杭州，享年六十四岁。他穷困潦倒，连自己的安葬费都没有留下，幸亏词友解囊相助，他才得以入土为安。

他一生布衣，可爱情和才华又让他无比富有。

张炎

只有一枝梧叶，不知多少秋声

因为战乱，一代才女李清照的幸福生活化为泡影；因为亡国，樱桃进士蒋捷选择隐居，不问世事；因为国破家亡，生于贵族的张炎，沦落成“摆地摊”的落魄子弟。国家沦丧之痛，颠沛流离之苦，也只有亲历的人才懂。

张炎，字叔夏，号玉田，是南宋最后一位著名的词人。淳祐八年（公元1248年），他生于临安的名门望族，他的前半生在钟鸣鼎食的家庭中度过。

公元1276年，元军攻破临安城，他的祖父张濡被元军所杀。随后，张家被抄。家道中落，他也从贵族后裔变成“流浪汉”。从此，他只能四处漂泊，贫困度日。

还好他从小学习诗词歌赋，这让他在失意时也能以写词为乐。他命途多舛，又恃才傲物，时常饮醉于花前月下，号呼挥写。同代词人郑思肖评价他说：“鼓吹春声于繁华世界，能令后三十年西湖锦秀山水，犹生清响。”

他精通音律，词作描写细致入微，遣词造句流畅清丽，常有精辟之语。他主张“清空”“骚雅”，多抒写个人哀怨和亡国之恨，具有鲜明的时代印记。

他最倾慕的词人是周邦彦和姜夔。在文学史上，他与姜夔并称“姜张”，与宋末著名词人蒋捷、王沂孙、周密并称“宋末四大家”。

无心再续笙歌梦

宋端宗景炎三年（公元 1278 年），四处漂泊的张炎辗转来到韩侂胄的故居庆乐园，顿时感怀那段金戈铁马的历史，心绪难以平静，遂写词一首，表示悼念。

《高阳台·古木迷鸦》

古木迷鸦，虚堂起燕，欢游转眼惊心。南圃东窗，酸风扫尽芳尘。鬓貂飞入平原草，最可怜、浑是秋阴。夜沈沈。不信归魂，不到花深。

吹箫踏叶幽寻去，任船依断石，袖里寒云。老桂悬香，珊瑚碎击无声。故园已是愁如许，抚残碑、却又伤今。更关情。秋水人家，斜照西泠。

几只鸦雀迷失在古木间，无人的堂上燕声凄厉，明明是欢游此处，他的心情却变得沉重起来。当年的胜景，被战火燃烧，转眼成空。曾经的欢游之地，而今已是处处惊心。

深秋时节，悲风扫尽了芳尘，万物萧瑟。

当年，抗金名将韩侂胄被设计陷害，宋朝完全不顾国家尊严，竟将韩侂胄的首级送到金国。

他吹着箫，踏着枯叶，走在庆乐园中。他来时乘的船还系在断石上，袖中还藏着片片寒云。庆乐园中桂树飘香，正如处处弥漫的愁绪。他手触残碑，抚今追昔，内心怆然。

张炎写这首《高阳台·古木迷鸦》时，南宋朝廷已危在旦夕，只能退守崖山。

不久之后，南宋便覆灭了。国破家亡之后，张炎隐居在江浙一带，过着闲云野鹤般的生活。

一次，他重游西湖，美丽的湖光山色令他流连忘返。时值春末，湖岸上杨柳依依，柳絮飞扬，黄莺啼叫，一派生机勃勃。他在断桥游玩，尽兴而归，日暮时乘船返程。

这样的游玩本该无比欢愉，可他的心中却生出了无限感伤。

《高阳台·西湖春感》

接叶巢莺，平波卷絮，断桥斜日归船。能几番游，看花又是明年。东风且伴蔷薇住，到蔷薇、春已堪怜。更凄然。万绿西泠，一抹荒烟。

当年燕子知何处，但苔深韦曲，草暗斜川。见说新愁，如今也到鸥边。无心再续笙歌梦，掩重门、浅醉闲眠。莫开帘。怕见飞花，怕听啼鹃。

黄莺的巢筑在细密的柳叶间，柳絮纷纷飘落在湖面之上。斜阳已经黯淡消失，断桥处还有返程的归船。在这样的乱世中，还有几番这样的春游呢？赏花还要等到明年。

蔷薇花能够留住春风吗？当蔷薇花开时，春光已残。更让人伤感的是万绿丛中的西泠桥畔，那里曾是何等繁华喧闹，而今却只剩下一抹荒凉的暮烟，袅袅而起。

当年栖息在朱门大宅里的燕子，而今又飞向何方？曾经春光灿烂的游玩之处，而今都长满了苔藓，连亭台曲栏都被芳草掩没了。那些清闲的白鸥，也因新愁而白了发。

他再也无心续笙歌旧梦，不如关起门来，浅醉闲眠。他不卷重帘，因为不想看到纷纷落下的飞花，也害怕听到杜鹃的阵阵悲鸣，唯恐这些自然景物在自己心上再添浓愁。

这首《高阳台·西湖春感》深藏词人对故国的思念、对亡国的哀痛。面对西湖胜景，他却感到无比悲戚。他曾是朱门大户的贵族公子，而今却沦落漂泊。

陈廷焯在《白雨斋词话》中评价此词："凄凉幽怨，郁之至，厚之至。"

兵荒马乱，国破家亡，他的人生也随之跌宕起伏，让人悲叹。

劳劳燕子人千里，落落梨花雨一枝

他想远离乱世的纷纷扰扰，却终究没能逃过。

至元二十七年（公元1290年），元朝廷命他北上抄经，他只能从临安赶往元朝的都城大都。对他这样的亡国遗民来说，生活的艰难已不足挂齿，内心的亡国之恨才是最痛苦的事。

当他来到大都，看见满山红叶似火，心中的亡国愁绪便化作了词句。

《绮罗香·红叶》

万里飞霜，千林落木，寒艳不招春妒。枫冷吴江，独客又吟愁句。正船舣、流水孤村，似花绕、斜阳归路。甚荒沟、一片凄凉，载情不去载愁去。

长安谁问倦旅？羞见衰颜借酒，飘零如许。谩倚新妆，不入洛阳花谱。为回风、起舞尊前，尽化作、断霞千缕。记阴阴、绿遍江南，夜窗听暗雨。

"万里飞霜，千林落木"，既描写天气的萧索寒冷，也暗指改朝换代新政权的肃杀之气。当他的船靠岸时，满眼都是红叶飘舞，片片红叶载不了情，却载满了愁绪。

千里迢迢，路途遥远，又有谁在意呢？他只能借酒浇愁，醉酒后颓废的脸，如同枫叶。亡国遗民的生活也如晚霞中飘零的枫叶，无依无靠，凄凉苦楚。红叶虽然也有绿意盎然的时节，但此刻只能在凄风苦雨中渐渐凋零。

在这首词中，张炎没有只言片语是描写亡国遗民的，可片片红叶却寄托了他的无穷心事。他对故国的眷恋、对自身遭遇的慨叹，令人感同身受，读之难忘。

在大都的日子，他时常触景生情，流露出故国之思、故国之念。

《鹧鸪天·楼上谁将玉笛吹》

楼上谁将玉笛吹。山前水阔暝云低。劳劳燕子人千里，落落梨花雨一枝。

修禊近，卖饧时。故乡惟有梦相随。夜来折得江头柳，不是苏堤也皱眉。

暮春时节，是谁在楼上吹奏哀怨的玉笛？他的眼前是崇山峻岭，是宽阔的水面，是昏暗的云层。燕子开始做巢，他思念的人相隔千山万水，此时陪伴他的只有一枝带雨的梨花。

修禊和卖糖的日子就快到了，故乡也只能在梦中追寻吧？昨夜，他从江边折回一枝新柳，虽然不是苏堤上的，但也足以使他愁眉不展，心生忧虑。

有人认为，他北上抄经是受到元政府的胁迫；也有人认为，他北上是为了谋职，最后事与愿违。无论是为了什么，第二年，他便南归了。

南归不久之后，与他一同南归的朋友沈尧道前来拜访，两人促膝长谈，数日才别。他有感而发，在为朋友饯行时，写下《八声甘州·记玉关踏雪事清游》一首，回忆北游之事。

《八声甘州·记玉关踏雪事清游》

记玉关、踏雪事清游。寒气脆貂裘。傍枯林古道，长河饮马，此意悠悠。短梦依然江表，老泪洒西州。一字无题处，落叶都愁。

载取白云归去，问谁留楚佩，弄影中洲。折芦花赠远，零落一身秋。向寻常、野桥流水，待招来，不是旧沙鸥。空怀感，有斜阳处，却怕登楼。

他还记得北方边关，寒风凛冽，踏雪艰难，寒气冻硬了貂裘。他们沿着枯萎的树木、古老的大道前行，到漫长的黄河边饮马暂歇，内心的激越如同滚滚的河流。北游如同一场短梦，梦醒后，他们仍旧在江南漂流。想到这里，他忍不住老泪纵横，泪洒西州。他想借红叶题诗，却发现无处可题，因为片片红叶早已写满忧愁。

朋友来了又要离去，载着一船悠悠的白云，试问谁将玉佩相留？谁会在中洲顾盼水中的倒影呢？他只能折一枝芦花相赠，零落的芦花透着清寒。归去时，他朝着平常的野桥漫步，招来的已不是旧日熟识的沙鸥。惆怅寂寞时，夕阳斜照，又添伤感。

这首《八声甘州·记玉关踏雪事清游》从友人的离情写起，最后落在家国之感，在个人的寂寥心事中，渗透着对身世的感伤和亡国的慨叹，看似宁静舒缓，实则无奈悲壮。

诗人沈祖棻评价这首词：“流畅而不纤，浑厚而不滞，玉田词中上乘也。”

清游渐远，故人何处

南归的第二年，张炎四十七岁。在回临安前，他久居山阴，因此自称“山阴久客”。此时，国破家亡，他孑然一身，作为亡国遗民，他的作品中也多了漂泊之感和怀旧之伤。

《渡江云·山阴久客一再逢春回忆西杭渺然愁思》

山空天入海，倚楼望极，风急暮潮初。一帘鸠外雨，几处闲田，隔水动春锄。新烟禁柳，想如今、绿到西湖。犹记得、当年深隐，门掩两三株。

愁余。荒洲古溆，断梗疏萍，更漂流何处。空自觉、围羞带减，影怯灯孤。常疑即见桃花面，甚近来、翻笑无书。书纵远，如何梦也无。

他在山阴倚楼怀远，极目所见，是远山随着空阔的长天没入大海。海天之间，风势劲急，黄昏时分，暮潮涌起。楼外传来斑鸠的啼叫声，细雨笼罩着几处闲置的农田。

河对岸是忙于春耕的农夫，他们冒着春雨锄地。岸边的柳梢刚刚泛出新绿，嫩叶如烟。这个时节，如烟的新绿恐怕已经将西湖都染绿了吧？他还记得当年隐居湖山深处时，三两棵杨柳掩着柴门，如同绿帘。

他心中感到忧愁。沙洲荒芜，江岸古旧，道旁的柳枝都折断了，浮萍要漂流到何处呢？他只觉得自己的腰带渐长，孤灯下的身影日渐清瘦。他以为自己就快见到她如花的容颜，可最近却连书信也断绝了，即便书信遥远难寄，可为何连梦中都不相见呢？

在这首《渡江云·山阴久客一再逢春回忆西杭渺然愁思》中，词人不仅感怀身世飘零，还寄寓了故国之思。上阕写他久居山阴，登楼望远所见的水乡风光，笔调中略显无奈，到“想如今”句开始点出故国之思。

下阕由己及人，末尾愈转愈深，曲折委婉。全词由眼前之景联想到西湖之景，由自身之愁联想到西湖恋情，意蕴清晰，层次井然，堪称佳作。

他虽一生漂泊，但也曾遇到心爱的女子，那时，他隐居杭州，游览西湖时遇见了她。她如那西湖春水，绿波荡漾，弥漫着春的气息。

《南浦·春水》

波暖绿粼粼，燕飞来，好是苏堤才晓。鱼没浪痕圆，流红去，翻笑东风难扫。荒桥断浦，柳阴撑出扁舟小。回首池塘青欲遍，绝似梦中芳草。

和云流出空山，甚年年净洗，花香不了？新绿乍生时，孤村路，犹忆那回曾到。余情渺渺，茂林觞咏如今悄。前度刘郎归去后，溪上碧桃多少。

而今，他又回到了南方，她却音信全无，两人情缘已断。

他怆然泪下，从山阴到甬东，独自游览万竹山。他走在清幽寂寥的竹林中，内心丝毫不平静。南宋灭亡后，山舍门庭冷落，落叶满地，他心中的亡国之恨油然而生。

《月下笛·万里孤云》

万里孤云，清游渐远，故人何处。寒窗梦里，犹记经行旧时路。连昌约略无多柳，第一是、难听夜雨。谩惊回凄悄，相看烛影，拥衾谁语。

张绪。归何暮。半零落，依依断桥鸥鹭。天涯倦旅。此时心事良苦。只愁重洒西州泪，问杜曲，人家在否。恐翠袖，正天寒，犹倚梅花那树。

万里长空，孤云飘移，何处才能寻见故人？他在寒窗里酣然入梦，曾经走过的路，而今还能记起，连昌宫的杨柳都所剩无几。最让他难过的，是那淅淅沥沥的夜雨声。他从梦中惊醒，感到忧伤凄冷，却只能望着摇曳的烛影，拥枕无眠的心事又能和谁说呢？

他就像南齐的张绪一样，到了暮年也无法返回故乡。断桥边成双的鸥鹭，如今恐怕早已零落。他心中仍眷恋着故乡。他漂泊多年，身心俱疲，只怕再回临安时，忍不住落下愁苦的泪滴。

不知杭州故居的旧时人家，如今是否依旧在那里？恐怕她翠袖单薄，天寒时还斜倚在梅花树旁，也许在等待谁的到来，也许在等待季节的归去。

这首词是张炎的感怀之作，末尾以梅树自喻，表现自己的风骨与气节。

写不成书，只寄得、相思一点

张炎的词作中常有抚今追昔的悲凉和无依无靠的落寞。

他出身贵族世家，曾是富贵公子，不想国破家亡，让他流落四方。面对山河破碎，他感怀身世，内心更是一片孤寂。

《解连环·孤雁》

楚江空晚。怅离群万里，恍然惊散。自顾影、却下寒塘，正沙净草枯，水平天远。写不成书，只寄得相思一点。料因循误了，残毡拥雪。故人心眼。

谁怜旅愁荏苒。谩长门夜悄，锦筝弹怨。想伴侣、犹宿芦花，也曾念春前，去程应转。暮雨相呼，怕蓦地、玉关重见。未羞他、双燕归来，画帘半卷。

夜晚的楚江如此空阔，他恍惚惊醒，自己仿佛是离雁群万里之远的孤雁。

他顾影自怜，想到自己曾飞入寒塘，曾见草枯沙净、江水平阔，而今却孤孤单单，再也无法与雁群一起排成“人”字形，只能寄去相思的情意。他怕自己这样徘徊逗留，会耽误北地吞毡嚼雪的故人，无法传达他们思念故园的心愿。

有谁会怜惜他这离群的孤雁呢？他就像深夜孤居长门宫的皇后，用锦筝弹着心中无限的幽怨。他的伴侣是否还栖息在芦花中，是否会在春季到来之前想念他，是否会从旧路飞来北边找他呢？

他仿佛听见伙伴在暮雨中的声声呼唤，如果能够在边塞突然相见，如同双燕归来栖息于画帘半卷的房檐之上，也会是一件人生美事啊！

这样的结局虽然美好，却不过只是他的幻想罢了。他仍在漂泊，不知流落何方。

《台城路·送周方山游吴》

朗吟未了西湖酒，惊心又歌南浦。折柳官桥，呼船野渡，还听垂虹风雨。漂流最苦。况如此江山，此时情绪。怕有鸱夷，笑人何事载诗去。

荒台只今在否。登临休望远，都是愁处。暗草埋沙，明波洗月，谁念天涯羁旅。荷阴未暑。快料理归程，再盟鸥鹭。只恐空山，近来无杜宇。

“漂流最苦。况如此江山，此时情绪。”这可能是对他的心情最深刻的概括。

国破家亡，他四处漂泊，无依无靠。所幸，他还有满腹才华，不仅与蒋捷、王沂孙、周密并称“宋末四大家”，还是著名的文学理论家。

他写的《词源》，在音律方面，为后人提供了有意义的指导。书中保存了有关乐词的丰富资料，是一部有权威性的理论专著。

他强调艺术感受、艺术想象与艺术形式。其论词的最高标准是“意趣高远”“雅正”“清空”，比如这首《疏影·咏荷叶》：

碧圆自洁。向浅洲远浦，亭亭清绝。犹有遗簪，不展秋心，能卷几多炎热。鸳鸯密语同倾盖，且莫与、浣纱人说。恐怨歌、忽断花风，碎却翠云千叠。

回首当年汉舞，怕飞去漫皱，留仙裙折。恋恋青衫，犹染枯香，还叹鬓丝飘雪。盘心清露如铅水，又一夜西风吹折。喜静看、匹练飞光，倒泻半湖明月。

这首词的词境意趣高远，上阕描写荷叶的神态，下阕感叹自己发如白雪，末尾几句以欣赏月下清景，表明自己终老林泉的心愿。

张炎的词作不仅记录了自己的心路历程，也真实地反映了南宋灭亡前后，知识分子的悲惨遭遇和情感变化。在宋词这支柔丽的长曲中，他的词就是最后一个音节，他的声音也是南宋末期的时代之音！

捧读文化
触及身心的阅读

出品人 张进步 程 碧

责任编辑 李 信
特约编辑 罗 盛 安斯娜
装帧设计 仙 境